Os óculos de ouro

Giorgio Bassani

Os óculos de ouro

tradução
Maurício Santana Dias

todavia

I

O tempo começara a torná-los mais raros, mas não se podia dizer que fossem poucos os que ainda se lembravam do dr. Fadigati em Ferrara (Athos Fadigati, claro — recordavam —, o otorrino que tinha casa e consultório na Via Gorgadello, a poucos passos da Piazza delle Erbe, e que acabou tão mal, pobre coitado, de modo tão trágico, justo ele que na juventude, quando se estabeleceu em nossa cidade vindo de sua Veneza natal, parecia destinado à mais regular, mais tranquila e por isso mesmo mais invejável das carreiras...).

Foi em 1919, logo depois da outra guerra. Por motivos de idade, eu, que escrevo, tenho a oferecer apenas uma imagem bastante vaga e confusa daquela época. Os cafés do centro fervilhavam de oficiais fardados; pelas avenidas Giovecca e Roma (hoje rebatizada de avenida Martiri della Libertà) passavam a todo momento caminhões agitando bandeiras vermelhas no ar; nos andaimes que recobriam a fachada em construção do prédio das Assicurazioni Generali, de frente para o lado norte do Castelo, estendia-se um enorme painel publicitário, escarlate, que convidava amigos e adversários do socialismo a beberem juntos o APERITIVO LÊNIN; as brigas entre camponeses e operários maximalistas de um lado e ex-combatentes de outro estouravam quase todos os dias... Esse clima de febre, de agitação, de distração generalizada no qual transcorreu a primeira infância de todos os que se tornariam adultos nas duas décadas seguintes deve ter favorecido de algum modo o veneziano Fadigati. Numa cidade como a nossa, onde no pós-guerra os jovens de boa família relutaram em voltar às profissões liberais mais do que em qualquer outro lugar, compreende-se como ele pôde enraizar-se quase sem ser notado. O fato é que em 1925, quando também entre nós o fervor começou a arrefecer, e o fascismo, organizando-se num grande partido nacional, foi capaz de oferecer postos vantajosos a todos os retardatários, Athos Fadigati já estava solidamente estabelecido em Ferrara, proprietário de um magnífico ambulatório privado e, além disso, chefe do setor de otorrinolaringologia do novo hospital Sant'Anna.

Como se diz, tinha encontrado seu lugar. Não mais tão jovem, e com o ar — já então — de nunca o ter sido, gostou de ter saído de Veneza (como ele mesmo contou certa vez) não tanto para tentar a sorte em outra cidade, mas sobretudo para afastar-se da atmosfera angustiante de uma ampla casa no Canal Grande em que ele vira apagar-se em poucos anos seus pais e uma irmã muito querida. Tinham agradado suas maneiras gentis e discretas, seu evidente desinteresse, seu espírito sensato de caridade em relação aos doentes mais pobres. Mas, acima de todas essas razões, ele deve ter impressionado pelo modo como se apresentava: aqueles óculos de ouro que cintilavam de modo simpático sobre a tez terrosa das faces lisas, a adiposidade nada desagradável do corpanzil de cardíaco congênito, escapado por milagre à crise da puberdade e sempre envolto, mesmo no verão, por macias lãs inglesas (durante a guerra, por causa da saúde, só pudera prestar serviço na censura postal). Enfim, nele havia certamente algo que atraiu e tranquilizou à primeira vista.

O consultório da Via Gorgadello, em que sempre atendia das quatro às sete da tarde, depois consolidou seu sucesso.

Tratava-se de uma clínica realmente moderna, como até então nenhum médico de Ferrara jamais tivera igual. Equipada com um impecável gabinete médico que, em matéria de assepsia, eficiência e até de espaço, só podia ser comparado aos do Sant'Anna, ostentava além disso oito salas contíguas ao apartamento privado, bem como outras tantas saletas de espera para o público. Nossos concidadãos, especialmente os de maior prestígio social, ficaram deslumbrados. Tornando-se de repente intolerantes à desordem pitoresca, digamos, mas demasiado familiar e no fundo equívoca com que os outros três ou quatro velhos especialistas locais continuavam acolhendo suas respectivas clientelas, comoveram-se com aquilo como por uma homenagem especial. Com Fadigati — não se cansavam nunca de repetir — não havia aquelas esperas intermináveis, amontoados uns aos outros feito animais, ouvindo através das frágeis paredes divisórias vozes mais ou menos remotas de famílias quase sempre alegres e numerosas, enquanto à fraca luz de uma luminária de vinte velas o olho não tinha, correndo pelas tristes paredes, onde repousar senão em algum NÃO CUSPIR! em porcelana, uma caricatura de professor universitário ou de algum colega, para não falar de outras imagens ainda mais melancólicas e agourentas de pacientes submetidos a enormes clisteres diante de todo um auditório acadêmico, ou de laparotomias em que a própria Morte, escarnecendo, pontificava travestida de cirurgião. E como pôde ter acontecido, como!, que se houvesse suportado até então semelhante tratamento medieval?

Ir consultar-se com Fadigati logo se tornou, mais que uma moda, um autêntico evento social. Sobretudo nas noites de inverno, quando o vento gelado se infiltrava a sibilar desde a Piazza Cattedrale descendo a Via Gorgadello, era com franca satisfação que o rico burguês, encapotado em seu casaco de peles, tomava como pretexto uma mínima dor de garganta para atravessar o portãozinho semicerrado, subir os dois lances de escada e tocar a campainha da porta envidraçada. Lá em cima, além daquele mágico esquadro luminoso cuja passagem era presidida por uma enfermeira em avental branco, sempre jovial e sorridente, lá em cima ele encontrava aquecedores trabalhando a todo vapor, comparáveis não digo nem aos de sua casa, mas nem sequer, talvez, aos do Clube dos Comerciários ou da União. Deparava-se com poltronas e sofás em abundância, mesinhas sempre abastecidas de revistas atualizadas, abajures dos quais emanava uma luz branca, forte e generosa. Deparava-se com tapetes que, caso alguém se cansasse de ficar ali, cochilando no calorzinho ou folheando as revistas ilustradas, o convidavam a passar de uma saleta a outra olhando as gravuras e os quadros, antigos e modernos, pendurados uns ao lado dos outros nas paredes. Deparava-se, por fim, com um médico afável e receptivo que, enquanto o conduzia pessoalmente "ali" para lhe examinar a garganta, parecia sobretudo ansioso em saber — como o autêntico cavalheiro que ele era — se seu paciente tivera a oportunidade de escutar algumas semanas antes, no Municipal de Bolonha, Aureliano Pertile no *Lohengrin*; ou, sei lá, se havia visto, pendurado em determinada parede de determinada saleta, aquele tal De Chirico ou aquele tal "Casoratino", ou se apreciara aquele outro De Pisis; e em seguida se maravilhava bastante quando o paciente, a essa última pergunta, confessava não só desconhecer De Pisis, mas nem sequer saber que Filippo De Pisis era um jovem pintor ferrarense *muito* promissor. Em suma, um ambiente confortável, aprazível, refinado e até estimulante para a mente. Um ambiente em que o tempo, o danado do tempo que sempre foi em toda parte o grande problema da província, passava que era uma beleza.

2

Não há nada que mais excite o interesse indiscreto das pequenas sociedades da gente de bem do que a pretensão honesta de manter separados, na própria vida, aquilo que é público daquilo que é privado. O que mais acontecia com Athos Fadigati depois que a enfermeira fechava a porta envidraçada do consultório enquanto o último paciente se retirava? O uso nebuloso, ou pelo menos o emprego pouco normal que o doutor fazia de suas noites, contribuía para estimular a contínua curiosidade em relação a ele. Ah, sim, em Fadigati havia um quê de algo não perfeitamente compreensível. Porém, isso também o tornava agradável, isso também atraía.

Todos sabiam como ele passava as manhãs, e ninguém tinha nada a dizer sobre suas manhãs.

Às nove já estava no hospital e, entre visitas e operações (porque ele também operava: não tinha dia que não lhe caísse nas mãos um par de amígdalas para extrair ou uma mastectomia), trabalhava sem parar até a uma. Depois disso, entre uma e duas da tarde, não era raro encontrá-lo enquanto subia a pé a avenida Giovecca com um embrulho de atum em conserva ou de algum frio fatiado preso ao mindinho, com o *Corriere della Sera* despontando do bolso do sobretudo. Então almoçava em casa. E, como não tinha uma cozinheira, e a diarista que lhe mantinha a casa e o gabinete limpos só chegava por volta das três, uma hora antes da enfermeira, devia ser ele mesmo — algo no fundo já bastante bizarro — quem preparava o indispensável prato de *pastasciutta*.

Para o jantar, também o esperariam em vão nos únicos restaurantes da cidade que, naquela época, eram considerados de certo decoro: o Vincenzo, a Sandrina e o Tre Galletti; nem mesmo o Roveraro, na travessa do Granchio, cuja cozinha caseira atraía tantos outros solteiros de meia-idade. Mas isso não significava de modo algum que ele comesse em casa, como durante o dia. Ele nunca devia ficar em casa de noite. Quem passasse por volta das oito ou oito e quinze na Via Gorgadello poderia facilmente encontrá-lo no momento em que estava saindo. Parava um instante na soleira, olhando para o alto, para a direita e a esquerda, como incerto quanto ao tempo e qual direção tomar. E por fim se encaminhava, misturando-se ao rio de gente que naquele horário, fosse no inverno ou no verão, desfilava devagar diante das vitrines iluminadas da Via Bersaglieri del Po como por lojas venezianas.

Aonde ele ia? Circulava a esmo, aqui e ali, aparentemente sem um rumo preciso.

Depois de uma intensa jornada de trabalho, com certeza gostava de se sentir entre a multidão: aquela multidão alegre, falante e indistinta. Alto, grande, com chapéu de feltro e luvas amarelas, envergando ainda, se fosse inverno, um casaco forrado de opossum e o castão da bengala pendente do bolso direito, entre as oito e as nove da noite podia ser visto em qualquer ponto da cidade. De vez em quando era possível surpreendê-lo parado, em frente à vitrine de alguma loja da Via Mazzini ou da Via Saraceno, a olhar atento por sobre os ombros de quem estivesse diante dele. Muitas vezes se detinha ao lado das bancas de quinquilharias e de guloseimas dispostas às dezenas ao longo do flanco sul da catedral, ou na Piazza Travaglio, ou na Via Garibaldi, observando com atenção, sem dizer palavra, a humilde mercadoria exposta. Em todo caso, as calçadas estreitas e apinhadas da Via San Romano eram as que Fadigati preferia percorrer. Quem cruzasse por ele sob aqueles pórticos baixos, onde pairava um cheiro acre de peixe frito, embutidos, vinho e tecidos baratos, mas cheios sobretudo de multidão, garotas, soldados, rapazes, camponeses agasalhados etc., se surpreendia com seu olho vivo, alegre, satisfeito, o vago sorriso que lhe descontraía o rosto.

"Boa noite, doutor!", alguém lhe gritava atrás.

E era um milagre se ele escutasse; se, já arrastado à distância pela correnteza, se virasse para responder à saudação.

Reaparecia apenas mais tarde, depois das dez, num dos quatro cinemas da cidade: o Excelsior, o Salvini, o Rex e o Diana. Mas aos lugares na galeria, onde as pessoas distintas sempre se encontravam como se estivessem num salão, também aqui ele preferia as últimas fileiras da plateia. E que embaraço das pessoas distintas ao vê-lo lá embaixo, tão bem vestido, misturado à pior "escória popular!". Seria mesmo de bom gosto — suspiravam, desviando os olhos compungidos para longe — ostentar até aquele ponto o espírito de *bohème*?

Por isso era bastante compreensível que, por volta de 1930, quando Fadigati já contava seus quarenta anos, não poucos começassem a pensar que ele deveria se casar o mais rápido possível. Aquilo era sussurrado entre pacientes, em poltronas vizinhas, nas próprias saletas do ambulatório de Via Gorgadello, enquanto aguardavam que o doutor — que de nada sabia — surgisse na porta reservada às suas periódicas aparições e os convidasse a entrar "ali". Mais tarde, durante o jantar, se aludia àquilo entre esposas e maridos, atentos a que a filharada, com o nariz na sopa e as orelhas em pé, não conseguisse adivinhar do que se tratava. E ainda mais tarde, na cama — mas aqui sem nenhuma reserva —, o assunto já consumia habitualmente cinco ou dez minutos daquela preciosa meia hora consagrada às confidências e aos bocejos cada vez mais longos, que de regra precedem a troca de beijos e de "boa-noite" dos casais.

Aos olhos de maridos e esposas, parecia absurdo que um homem daquele valor não pensasse em constituir família de uma vez por todas.

À parte talvez sua índole um tanto "de artista", mas no conjunto tão séria e pacata, que outro bacharel ferrarense com menos de cinquenta anos podia vangloriar-se de uma posição melhor do que a dele? Simpático a todos, rico (e como: quanto aos ganhos, agora ganhava o que quisesse!), sócio efetivo dos dois maiores clubes citadinos, e por isso mesmo aceito em pé de igualdade tanto entre a pequena e a média burguesia dos profissionais liberais e dos lojistas quanto entre a aristocracia, com ou sem brasão, dos patrimônios e das terras; provido até da carteirinha do Partido Fascista que, embora se declarasse discretamente um "apolítico por natureza", o secretário federal em pessoa lhe providenciara a todo custo: o que faltava a ele, agora, senão uma bela mulher para levar nas manhãs de domingo ao San Carlo ou à catedral, e de noite ao cinema, em casacos de pele e joias, como convém? E por que ele não se dava um pouco ao trabalho de arranjar uma? Talvez, aí está, talvez estivesse envolvido numa relação com alguma mulherzinha inconfessável, tipo costureira, governanta, criada etc. Como acontece com muitos médicos, talvez só se interessasse por enfermeiras — e justamente por isso, quem sabe, as que de ano em ano passavam por seu consultório eram sempre tão bonitinhas, tão atraentes! No entanto, mesmo admitindo que as coisas estivessem de fato nesses termos (mas, por outro lado, era curioso que nada de mais específico tivesse vazado sobre o caso!), por que motivo não se casava? Será que ele queria para si o mesmo fim que em seu tempo tivera o dr. Corcos, o octogenário diretor do hospital, o mais ilustre dos médicos de Ferrara, o qual, segundo se contava, depois de ter se relacionado por anos com uma jovem enfermeira, a certa altura foi forçado pelos parentes dela a mantê-la por toda a vida?

Na cidade, já fervilhavam as buscas por uma jovem realmente digna de se tornar a sra. Fadigati (mas esta não convencia por algum motivo; aquela, por outra razão: nenhuma parecia suficientemente adequada ao solitário que se dirigia para casa e que, em certas noites, quando todos saíam juntos do Excelsior ou do Salvini, na Piazza delle Erbe, podia ser visto de repente lá longe, ao fundo do Listone, um segundo antes de desaparecer na escura fenda lateral da Via Bersaglieri del Po...); até que, não se sabe espalhados por quem, começaram a circular estranhos boatos, aliás estranhíssimos.

"Você não ficou sabendo? Parece que o dr. Fadigati é..."

"Escute a novidade. Conhece aquele tal dr. Fadigati, que mora na Gorgadello, quase na esquina com a Bersaglieri del Po? Então, ouvi dizer que ele é..."

3

Bastava um gesto ou trejeito.

Bastava apenas dizer que Fadigati era "assim", que era um "daqueles".

Mas às vezes, como acontece quando se trata de assuntos indecorosos, e especialmente da inversão sexual, havia quem recorresse com escárnio a palavras do dialeto, que também em nosso meio são sempre bem mais maldosas se comparadas à língua das classes superiores. E depois acrescentavam, não sem melancolia:

"Pois é."

"No fundo, que tipo se revelou."

"Como era possível imaginar uma coisa dessas?"

Contudo, em geral, quase como se não lamentassem o fato de terem percebido o vício de Fadigati com tanto atraso (demoraram mais de dez anos para se dar conta, imaginem!) e, aliás, se sentissem fundamentalmente mais seguros, em geral sorriam.

No fundo — exclamavam, dando de ombros —, por que razão não deveriam reconhecer, mesmo na irregularidade mais vergonhosa, o estilo do homem?

O que mais os persuadia à indulgência em relação a Fadigati e, depois de uma primeira onda de perturbação alarmada, quase à admiração, era justo o estilo dele, entendendo por estilo acima de tudo uma coisa: sua discrição, o evidente empenho com que sempre dissimulara e continuava dissimulando seus gostos, para evitar escândalos. Sim, diziam: agora que seu segredo não era mais um segredo, agora que tudo estava claro, finalmente se sabia como se comportar com ele. De dia, à luz do sol, tirar o chapéu a ele com deferência; de noite, ainda que impelidos ventre contra ventre na Via San Romano apinhada, mostrar que não o conheciam. Como Fredric March no *Dr. Jekyll*, o doutor Fadigati tinha duas vidas. Mas quem não tem?

Saber equivalia a compreender, não acentuar a curiosidade, "deixar para lá".

Até então, ao entrarem num cinema, a coisa que mais os inquietara — lembravam bem — era confirmar se *ele* estava nas últimas fileiras, como de costume. Conheciam seus hábitos, tinham notado que ele nunca se sentava. Fixando os olhares no escuro, para além da balaustrada da galeria, procuravam-no ali embaixo, ao longo das sórdidas paredes laterais, próximo às portas das saídas de emergência e dos banheiros, sem se dar trégua enquanto não captassem o típico brilho que seus óculos de ouro irradiavam de tanto em tanto através da fumaça e da obscuridade: um breve lampejo irrequieto, proveniente de uma distância extraordinária, de fato infinita... Mas agora! De que importava, agora, confirmar logo sua presença assim que entravam? E por que esperariam com o incômodo de antes toda vez que a sala se iluminava? Se em Ferrara havia um burguês a quem se reconhecia o direito de frequentar as plateias populares, de imergir à vontade e aos olhos de todos no horrível submundo dos "bancos" de uma lira e vinte centavos, esse alguém só podia ser o dr. Fadigati.

O comportamento deles era igual, idêntico, na sede dos Comerciários e da União, nas duas ou três noites por ano em que Fadigati aparecia por lá (como eu já disse, ele era sócio de ambos desde 1927).

Se no passado, ao vê-lo atravessar a sala de bilhar e seguir adiante sem se deter nas mesinhas de pôquer ou de écarté, cada rosto estava pronto a assumir uma expressão entre incrédula e consternada, agora não, agora eram raros os olhares que se desviavam dos forros verdes para segui-lo até a porta da biblioteca. Ele podia perfeitamente trancar-se na biblioteca, onde nunca havia vivalma, onde o couro das poltronas refletia tenuemente os clarões trêmulos da lareira, podia perfeitamente mergulhar até meia-noite ou mais na leitura do livro científico que havia trazido de casa: a essa altura, quem haveria de objetar diante de estranhezas como essa?

E mais. De vez em quando ele viajava, ou, para usar suas próprias palavras, se concedia "uma escapada": para a Bienal de Veneza, para o Festival de Maio em Florença. Pois bem, agora que as pessoas já sabiam, era possível encontrá-lo altas horas da noite num trem, como aconteceu no inverno de 1934 com uma pequena comitiva da cidade que se dirigia ao Berta de Florença para uma partida de futebol, sem que ninguém se permitisse um malicioso "Olhe só quem está aqui!", que é de regra entre ferrarenses assim que se encontram fora do estreito território compreendido entre as margens paralelas do Reno e do Pó. Depois que o convidaram todos solícitos a se acomodar em sua cabine, nossos bravos esportistas, que certamente não eram uns apaixonados por música (Wagner: só de ouvir o nome, já se sentiam afogar num oceano de tristeza!), ficaram ali quietinhos, escutando um fervoroso relato de Fadigati a propósito do *Tristão* que Bruno Walter regera naquela mesma tarde, no Municipal florentino. Fadigati falou da música do *Tristão*, da interpretação admirável que o "maestro alemão" fez da ópera, sobretudo do segundo ato, que — sentenciou — "não é senão um longo lamento de amor". Expandindo-se no banco de pedra envolto em ramos floridos de uma roseira, símbolo transparente do tálamo, Tristão e Isolda cantam sentados nele por quarenta e cinco minutos a fio, antes de submergirem, enlaçados, numa noite de voluptuosidade eterna como a morte, dizia Fadigati, entrecerrando as pálpebras atrás das lentes e sorrindo em êxtase. Os outros o deixavam falar sem dar um pio, limitando-se a trocar olhares perplexos e furtivos.

Mas era o próprio Fadigati que, com sua conduta inatacável, granjeava em torno de si um espírito tão largo de tolerância.

Afinal de contas, o que se poderia dizer de concreto sobre ele? Ao contrário do que era lícito esperar de figuras do tipo de dona Maria Grillanzoni, só para citar um nome, uma dama septuagenária de nossa melhor aristocracia cujos impetuosos atos de sedução, perpetrados sobre os rapazes das farmácias e dos açougues que lhe visitavam a casa pelas manhãs, corriam normalmente na boca de todos (e de vez em quando a cidade tomava conhecimento de mais uma das suas, rindo do fato, é claro, mas também o deplorando), o erotismo de Fadigati dava todas as garantias de que ficaria sempre contido dentro das precisas balizas da decência.

Quanto a isso, seus muitos amigos e admiradores se mostravam mais que seguros. É verdade que, nos cinemas — eram forçados a admitir —, ele sempre se postava não muito distante dos grupos de soldados, daí parecer ter certo fundamento a insinuação de que ele teria uma suposta "queda" por militares. Mas era também verdade — tornavam a dizer, enérgicos — que o pobre coitado nunca foi visto se aproximando além de certo limite, nunca se fez acompanhar por nenhum deles pela rua, nem nunca, jamais, nenhum jovem lanceiro do Pinerolo Cavalleria, com seu alto capacete descido sobre os olhos e o pesado e rumoroso sabre sob o braço, fora flagrado em horas suspeitas enquanto atravessava a soleira de sua casa. Restava seu rosto, é certo: gordo, mas acinzentado e de traços contraídos numa ânsia contínua e secreta. Aquele rosto era a única evidência a recordar que ele *caçava*. Porém, quanto a descobrir (como e onde), quem era capaz de falar com precisão e conhecimento de causa?

Seja como for, de tempos em tempos também se ouviam comentários a respeito disso. A intervalos talvez de anos, com a mesma lentidão e quase relutância com que, subindo dos fundos lamacentos de certos pântanos, raras bolhas de ar emergem e explodem em silêncio na superfície, de vez em quando circulavam nomes, pessoas eram apontadas, circunstâncias eram detalhadas.

Lembro-me bem de que, por volta de 1935, o nome de Fadigati era com frequência associado ao de um tal Manservigi, guarda municipal de olhos azuis e inflexíveis que, quando não estava regendo solenemente o tráfego no cruzamento entre as avenidas Roma e Giovecca, nós, rapazes, às vezes tínhamos a surpresa de encontrar no Montagnone, ou então quase irreconhecível em trajes simples de paisano, enquanto assistia com um palito de dente na boca a uma de nossas intermináveis partidas de futebol, que muitas vezes avançavam até o anoitecer. Mais tarde, por volta de 1936, se ouviu falar de outro: um certo Trapolini, auxiliar da prefeitura, pessoa afável e melíflua, casado e cheio de filhos, conhecido na cidade por seu zelo católico e pela paixão por ópera. Mais tarde ainda, durante os primeiros meses da Guerra de Espanha, também veio se somar à parca lista dos "amigos" de Fadigati o nome de um ex-jogador da SPAL.* De pele escura, já fora de forma, com as têmporas grisalhas, tratava-se justamente de Baùsi, Olao Baùsi,

---

* Sociedade Poliesportiva Ars et Labor, clube de futebol de Ferrara. [Esta e as demais notas são do tradutor.]

que entre as décadas de 1920 e 1930 tinha sido — quem não se lembrava? — uma espécie de ídolo da juventude esportiva de Ferrara, e que em poucos anos se reduzira a viver dos piores expedientes.

Portanto, nada de soldados. Nunca algo praticado em público, ainda que em fase estrita de aproximação, nunca algo de escandaloso. Apenas relações cuidadosamente clandestinas, com homens de meia-idade e condição modesta, subalterna. Enfim, com indivíduos discretos, ou ao menos inclinados em alguma medida a sê-lo.

Por volta das três ou quatro da madrugada, as persianas do apartamento de Fadigati quase sempre filtravam um pouco de luz. No silêncio da travessa, interrompido apenas pelos estranhos suspiros das corujas empoleiradas lá no alto, ao longo das cornijas vertiginosas e enevoadas da catedral, esvoaçavam farrapos tênues de músicas celestiais, Bach, Mozart, Beethoven, Wagner; sobretudo Wagner, talvez porque a música wagneriana fosse a mais indicada a evocar determinadas atmosferas. A ideia de que o guarda Manservigi, o auxiliar Trapolini ou o ex-jogador Baùsi fossem, naquele mesmo momento, hóspedes do doutor só podia ser acolhida pelo último notívago, passando pela Via Gorgadello naquela hora, de coração leve.

4

Em 1936, ou seja, vinte e dois anos atrás, o trem local Ferrara-Bolonha, que partia diariamente de Ferrara minutos antes das sete da manhã, percorria os quarenta e cinco quilômetros da linha em não menos de uma hora e vinte minutos.

Então, quando as coisas andavam bem, o trem alcançava seu destino por volta das oito e quinze. Mas na maioria das vezes, mesmo quando se lançava a toda pressa pela reta depois de Corticella, o comboio desembocava na ampla curva que conduz à estação bolonhesa com dez, quinze minutos de atraso (nos casos em que precisava parar no semáforo da entrada, os minutos podiam facilmente se transformar em meia hora). Claro, não eram mais os tempos do velho Ciano, quando certos trens eram aguardados na chegada pelo próprio ministro dos Transportes, todo concentrado na ação cênica e pomposa de mensurar a plataforma a passos impacientes e de verificar, murmurando, a hora no quadrante do cebolão típico dos chefes de estação, que ele extraía continuamente do bolso do colete. Mas é verdade que, na prática, o expresso Ferrara-Bolonha das seis e cinquenta sempre fazia o que bem queria. Parecia ignorar o governo, lixando-se solenemente para seu orgulho por ter imposto até às ferrovias do Estado o rígido respeito aos horários. Por outro lado, quem se importava com isso, quem se preocupava? Meio recoberta de relva e desprovida de um teto, a plataforma da linha 16, reservada a ele, era a última, confinando com a zona rural de Porta Galliera. Tinha todo o ar de estar abandonada.

De hábito, o trem era composto de seis vagões apenas: cinco de terceira classe e um de segunda.

Recordo não sem um calafrio as manhãs de dezembro no vale do Pó, as escuras manhãs dos anos em que, estudantes universitários em Bolonha, tínhamos de acordar com o despertador. Do bonde, que corria desembestado chacoalhando rumo à barreira alfandegária da alameda Cavour, escutávamos o trem apitar com insistência, distante e invisível. Parecia ameaçar: "Olhem que vou partir!". Ou até: "Não adianta se apressarem, rapazes, já fui!". De todo modo, somente os calouros em geral, rapazes e moças, se agitavam em torno do condutor para que aumentasse a velocidade. Todos nós, inclusive Eraldo Deliliers, que se matriculara naquele mesmo ano em ciências políticas, mas já se comportava com a desenvoltura e a indiferença de um veterano, sabíamos muito bem que o expresso das seis e cinquenta nunca sairia antes de nos carregar com ele. O bonde finalmente parava em frente à estação, desembarcávamos e em poucos instantes estávamos dentro do trem, bafejando de todos os lados cândidos jatos de vapor; no entanto, ele continuava ali, imóvel na plataforma, como previsto. Quanto a Deliliers, ele sempre chegava por último, caminhando devagar e bocejando. De fato, como ele costumava ferrar no sono, muitas vezes precisávamos arrancá-lo do bonde à força.

Pode-se dizer que todos os vagões da terceira classe eram ocupados por nós. Exceto por algum viajante a negócios, ou alguma obscura companhia de teatro de variedades que pernoitara na sala de embarque da estação, com cujas bailarinas, durante a viagem, tentava-se às vezes estabelecer certa amizade, nunca ninguém saía àquela hora de Ferrara.

Mas isso não significa de modo algum, e fique bem claro, que o trem das seis e cinquenta chegasse a Bolonha sempre semivazio!

No curso de seu preguiçoso deslocamento do escuro denso de Ferrara para a luz de certas manhãs bolonhesas — luz intensa, fulgurante, com a colina de San Luca alva de neve e as cúpulas cor verde-cobre das igrejas despontando quase em relevo sobre o mar vermelho dos telhados e das torres —, o trem pouco a pouco recolhia, das pequenas e minúsculas estações espalhadas ao longo da linha, uma gente sempre nova.

Eram estudantes do nível médio, rapazes e moças; professores da escola fundamental de ambos os sexos; pequenos proprietários agrícolas, meeiros, negociantes miúdos de gado, reconhecíveis pelas amplas capas, pelos chapéus de feltro descidos até o nariz, pelo palito de dente ou pelo charuto toscano preso entre os lábios: gente do campo, que já falava no rude dialeto bolonhês, cujo contato evitávamos nos barricando em dois ou três compartimentos contíguos. O assalto dos *vilàn* começava em Poggio Renatico, um quilômetro antes da barragem à esquerda do Reno; renovava-se em Galliera, pouco além da ponte de ferro; e depois em San Giorgio di Piano, em San Pietro in Casale, em Castelmaggiore, em Corticella. Quando o trem chegava a Bolonha, das portas abertas com violência quase explosiva se despejava na plataforma da linha 16 uma pequena multidão tumultuosa, de várias centenas de pessoas.

Restava o vagão da segunda classe, único e isolado, no qual, pelo menos até certa data — ou seja, justamente até o inverno de 1936-7 —, nunca subiu vivalma.

A equipe de bordo do trem, um quarteto fixo que viajava nos expressos para lá e para cá entre Ferrara e Bolonha, cinco ou seis vezes ao dia, realizava todas as manhãs campeonatos de escopa e trinta e um. E nós, de nossa parte, estávamos tão habituados ao fato de que o vagão de segunda classe fosse reservado ao chefe de trem, ao cobrador, ao guarda-freio e ao oficial da polícia ferroviária (os quatro extremamente simpáticos e gentis, sobretudo quando notavam estudantes do GUF,* mas muito decididos em proibir qualquer mudança irregular de classe), nos parecia tão natural vê-lo funcionar como uma espécie de clube recreativo dos ferroviários que de início, quando o dr. Fadigati começou a ir a Bolonha duas vezes por semana, comprando sempre o bilhete da segunda classe, de início não nos importamos com ele; aliás, nem sequer notamos sua presença.

Em todo caso, foi questão de pouco tempo.

Fecho os olhos. Revejo a grande extensão asfaltada da alameda Cavour completamente deserta, desde o Castelo até a barreira alfandegária, com os postes de iluminação dispostos em longa perspectiva, a uns cinquenta metros um do outro, todos ainda acesos. O condutor Aldrovandi, que de dentro do bonde só se dá a ver por sua corcunda agitada, arranca seu decrépito vagão ao máximo. Mas um pouco antes de o bonde chegar à barreira, eis que surge às nossas costas, ultrapassando-nos muito rápido com o característico ronco sufocado do motor da Lancia, um carro, um táxi. É um Astura verde, sempre o mesmo. Todas as terças e sextas de manhã, passa por nós mais ou menos na mesma altura da alameda Cavour. E é tão veloz que, quando irrompemos na praça da estação com nosso bonde balançando assustadoramente no sprint final, ele não apenas já desembarcou seu passageiro (um senhor corpulento, usando chapéu de feltro de borda branca, óculos de ouro e casaco com gola de pelica), mas também fez a manobra e está partindo de novo em direção contrária à nossa, rumo ao centro.

---

* Sigla para Grupos Universitários Fascistas.

Quem de nós despertou pela primeira vez a curiosidade geral pelo senhor do táxi, pelo passageiro, mais do que pelo táxi em si? É verdade que, no interior do bonde, com a cabeça loura e cacheada caída sobre o espaldar de madeira, Deliliers normalmente ia dormindo. No entanto, acho que foi justo ele, numa manhã em meados de fevereiro de 1937, enquanto várias mãos, sempre mais numerosas que o necessário, se espichavam através da porta para ajudá-lo a subir no trem, e ele se deixava erguer com todo o peso, eu juraria que foi justo Deliliers quem anunciou que a segunda classe tinha encontrado no sujeito do Astura um cliente fixo, fixo e pagante, e que esse tal era ninguém menos que o dr. Fadigati.

"Fadigati? Quem era ele?", perguntou uma das moças com ar atônito: mais precisamente Bianca Sgarbi, a mais velha das duas irmãs Sgarbi (a outra, Attilia, três anos mais nova e ainda no ensino médio, eu ainda não conhecia no início de 1937).

A pergunta foi acolhida por grandes risadas. Deliliers se sentara e estava acendendo um Nacional. Tinha a mania de acender os cigarros pelo lado da marca, sempre muito atento para não errar.

Naquela época Bianca Sgarbi, que cursava de má vontade o terceiro ano de Letras, estava quase noiva de Nino Bottecchiari, sobrinho do ex-deputado socialista. Embora estivessem juntos, não eram muito afinados entre si. De natureza exuberante, e ao mesmo tempo quase pressagiando o futuro pouco feliz que aguardava os jovens de nossa geração (e ela em particular: viúva de um oficial da aviação abatido na ilha de Malta em 1942, com dois meninos para criar, a coitada terminou em Roma, empregada precária no Ministério da Aeronáutica), Bianca se mostrava intolerante a qualquer compromisso, paquerando o primeiro que lhe agradasse e basicamente passando de um flerte a outro.

"E então? Pode-se saber quem é?", insistiu toda dengosa, inclinando-se para Deliliers, que estava sentado à sua frente.

Encolhido ao lado dele no canto próximo à porta, o pobre Nino sofria em silêncio.

"Ah, um velho viado", proferiu por fim Deliliers, com calma, erguendo a cabeça e fixando nossa colega diretamente nos olhos.

5

Por algum tempo, ele continuou segregado no vagão da segunda classe durante todo o trajeto.

Aproveitando as paradas que o trem fazia em San Giorgio di Piano ou em San Pietro in Casale, nos revezávamos e a cada vez um de nosso grupo se levantava e ia comprar algo para comer no bar da estaçãozinha: sanduíches de salame cru recém-ensacado, chocolate com amêndoas que tinham gosto de sabão, biscoitos Osvego meio mofados. Virando os olhos para o trem parado, e depois percorrendo-o vagão a vagão, podíamos a certa altura notar o dr. Fadigati, que, por trás do vidro espesso de seu compartimento, observava as pessoas que atravessavam os trilhos e se apressavam rumo aos comboios da terceira. Pela expressão de dolorosa inveja em seu rosto, pelos olhares de lamento com que seguia o pequeno agrupamento rural tão indigesto a nós, parecia pouco menos que um recluso: um exilado político de respeito, em viagem de transferência a Ponza ou às Tremiti, para lá ficar quem sabe por quanto tempo. Dois ou três compartimentos mais adiante, atrás de um vidro igualmente espesso, se discerniam o chefe de trem e seus três amigos. Continuavam jogando cartas impávidos, discutindo sem parar, rindo e agitando as mãos.

No entanto, como era de esperar, não demorou para começarmos a vê-lo circulando pelos vagões da terceira classe.

Como a porta de comunicação ficava fechada à chave, nas primeiras vezes, para poder passar (ele mesmo contou mais tarde), sempre recorria ao cobrador.

Metia a cabeça dentro do compartimento-cassino: "Desculpem, senhores", indagava, "por gentileza, eu poderia passar para a terceira classe?"

Mas logo percebeu que isso os incomodava. Antecedendo-o pelo corredor com a chave na mão e o passo de um carcereiro, o cobrador resmungava e bufava sem cerimônias. A certa altura, decidiu agir sozinho. Esperava a primeira parada, em Poggio Renatico, onde o expresso parava por três ou quatro minutos. Havia tempo de sobra para descer à plataforma e tornar a subir no vagão imediatamente seguinte.

Todavia, não foi no trem que estabelecemos nossos primeiros contatos, creio realmente que não. Tenho a impressão de que a coisa ocorreu em Bolonha, andando na rua, ainda que eu, como se verá em seguida, não saiba indicar com certeza qual rua fosse. (Talvez naqueles dias eu estivesse ausente da faculdade, e o caso me tenha sido relatado depois, por terceiros. Ou então sou eu que, a tantos anos de distância, não consigo distinguir nem recordar com precisão?)

Pode ser que tenha sido na saída da estação, enquanto esperávamos o bonde de Mascarella. Somos uma dezena, e todos juntos ocupamos boa parte da plataforma do bonde que fica em frente ao ponto de parada para as carroças e os táxis. O sol cintila sobre os montinhos de neve suja que despontam a intervalos regulares no amplo largo. O céu é de um azul intenso, vibrante de luz.

E Fadigati, que também está esperando o bonde na mesma plataforma (chegou agora há pouco, por último), do nada, para puxar conversa, não acha nada melhor do que fazer alguma observação sobre "o dia delicioso, quase de primavera", e sobre o bonde de Mascarella, "tão vagaroso que, em certo sentido, seria mais conveniente ir a pé". São frases genéricas, banais, ditas a meia-voz, sem ser dirigidas especificamente a algum de nós, mas a todos em bloco e a ninguém: como se ele não nos conhecesse, ou não ousasse admitir que nos conhecia, nem sequer de vista. Mas afinal basta que alguém, constrangido por sua insegurança e pelo sorriso nervoso com que acompanhou as vagas considerações sobre o clima e o bonde, lhe responda com um mínimo de civilidade, chamando-o de "doutor". Então a verdade vem à tona no mesmo instante, quer dizer, ele conhece todos nós muito bem, por nome e sobrenome, apesar de em poucos anos termos nos tornado rapazes. Sabe exatamente de quem somos filhos. E como poderia não saber, como poderia ter esquecido, ora!, se desde a infância, "na idade em que os meninos de boa família sempre estão às voltas com dores de garganta e dor de ouvidos" — e ri —, ele nos viu, uns mais do que outros, passar em seu consultório um por um?

Mas muitas vezes, em vez de pegarmos o bonde e irmos direto para a faculdade pela Via Zamboni, preferíamos atravessar os pórticos da Via Indipendenza a pé, subindo até chegar ao centro. Era raro que Deliliers nos acompanhasse. Assim que saía da estação, tomava seu próprio rumo e, em geral, ninguém mais o avistava antes da manhã seguinte: nem na universidade, nem na trattoria, nem em lugar nenhum. Quanto aos outros, mesmo dispersos desordenadamente pelas calçadas, andavam sempre juntos. Entre eles Nino Bottecchiari, que estudava direito, mas, por causa de Bianca Sgarbi, aparecia com frequência nos corredores e nas salas da Faculdade de Letras, digerindo com paciência as aulas mais indigestas, desde as de gramática latina até as de biblioteconomia. E Bianca, de boina azul e casaco de pele de lebre estreito na cintura, ora de braço dado com um, ora com outro: quase nunca com Nino, só para causar confusão. E Sergio Pavani, Otello Forti, Giovannino Piazza, Enrico Sangiuliano, Vittorio Molon: um estudante de agronomia, outro de medicina, outro de ciências econômicas e um de contábeis. Por fim, único estudante de letras do grupo (além de Bianca Sgarbi), por fim, eu.

Pois bem, não é improvável que numa dessas manhãs, enquanto caminhávamos pelos intermináveis pórticos da Via Indipendenza, altos e escuros como naves de uma igreja, parando de vez em quando na frente de uma vitrine de artigos esportivos, junto a uma banca de jornal, ou quem sabe nos misturando às pessoas que, atraídas e como hipnotizadas pelo brilho de um maçarico, se agrupam em silêncio ao redor de uma turma de operários ocupados em reparar uma das linhas do bonde, não é nada improvável, eu dizia, que numa dessas manhãs de final de inverno, quando qualquer pretexto parece bom para retardar o momento de se fechar numa sala de aula, o dr. Fadigati, que há tempos nos seguia, de repente venha pôr-se ao lado de um de nós: de Nino Bottecchiari e Bianca Sgarbi, por exemplo, que um pouco à parte, mas sem se incomodar minimamente que os escutassem, não param um só instante de discutir e brigar.

Até então, Fadigati se limitara a nos seguir passo a passo, zumbindo, por assim dizer, continuamente à nossa volta. Isso era mais do que óbvio para nós. Entre debochos e toques de cotovelo, chegamos a comentar o fato.

E, sem que se esperasse, lá estava ele ao lado de Nino e Bianca, pigarreando.

Com a voz neutra e o tom impessoal que ele sempre usa, como se vê, ao abordar desconhecidos cuja receptividade não sabe prever, nós o ouvimos falar alguma coisa.

"Comportem-se bem, rapazes!", adverte; e também dessa vez é como se estivesse falando ao vento, não a alguém específico.

Mas depois, lançando a Bianca um olhar tímido, hesitante e em certa medida cúmplice, bruscamente cúmplice e solidário:

"E seja afável, senhorita", insiste, "seja um pouco mais complacente. É o que cabe à mulher, não sabia?"

Está brincando, só pode estar brincando. Bianca desanda a rir. Nino também ri. Conversando sobre isso e aquilo, por fim chegamos todos juntos à Piazza del Netuno. Aliás, antes de nos separarmos, precisamos absolutamente aceitar um café.

No fim das contas nos tornamos amigos; tanto é que, dali em diante, ou seja, desde abril de 1937, nos dois ou três compartimentos da terceira classe em que costumávamos nos trancar (já verde, a campina corre fresca e luminosa no esquadro da janelinha), às terças e sextas de manhã sempre haverá um lugar também para o dr. Fadigati.

6

Tinha metido na cabeça que obteria a livre-docência — falou; por esse motivo, "não por outro", ia a Bolonha duas vezes por semana. Porém, agora que encontrara companheiros de viagem, os deslocamentos seguidos já não lhe pesavam tanto. Sentava-se tranquilo em seu lugar. Limitava-se a assistir às nossas discussões cotidianas, que iam do esporte à política, da literatura e da arte à filosofia, e às vezes até tangenciavam questões sentimentais, ou mesmo relações "exclusivamente eróticas", e de vez em quando deixava escapar uma palavra ou outra, enquanto nos observava de seu assento com um olhar paternal e indulgente. Em certo sentido, ele era amigo da família de muitos de nós: nossos pais frequentavam o consultório da Via Gorgadello fazia quase vinte anos. Com certeza, ao nos ver, era também neles que pensava.

Ele sabia que nós *sabíamos*? Talvez não, talvez ainda se iludisse quanto a esse ponto. Seja como for, era fácil demais ler em sua atitude, na discrição educada e zelosa que se esforçava em manter, o firme propósito de comportar-se como se jamais tivesse circulado nada a seu respeito na cidade. Para nós, sobretudo para nós, ele devia continuar sendo o dr. Fadigati de antigamente, quando, ainda crianças, víamos seu rosto largo, semioculto pelo redondo espelho frontal, inclinar-se e pender sobre nossas faces. Se no mundo havia pessoas com as quais ele devia tentar manter sua posição, essas éramos justamente nós.

Por outro lado, visto de perto, seu rosto não parecia muito mudado. Aqueles dez ou doze anos que nos separavam da idade das amigdalites, das otites e das vegetações adenoides tinham deixado marcas bem leves em seu rosto. Tinha as têmporas mais grisalhas, e só. Não mais que isso. Talvez um pouco mais cheias e caídas, suas bochechas mantinham a mesma cor terrosa de antes. A pele que as recobria, grossa, lisa, com os poros evidentes, dava sempre a mesma impressão do couro, do couro bem curtido. Não, em comparação a ele, tínhamos mudado bem mais: nós que, às escondidas, absurdamente (enquanto ele talvez estivesse tirando o *Corriere della Sera* do bolso do sobretudo e o começasse a ler sossegado em seu canto), íamos procurando naquele rosto familiar as provas, os sinais, eu quase diria as manchas visíveis de seu vício, de seu pecado.

Com o tempo, porém, ele foi ganhando confiança e começou a falar um pouco mais. Depois de uma breve primavera, o verão chegou quase de golpe. Mesmo de manhã cedo fazia calor. Do lado de fora, o verde dos campos de Bolonha se tornara mais escuro, mais viçoso. Nas plantações delimitadas pelos renques de amoreiras, o cânhamo se mostrava já alto, e o trigo ia ficando dourado.

"Parece que voltei à época de estudante", Fadigati repetia com frequência, olhando para além do vidro da janela. "Parece que voltei aos tempos em que eu também viajava todo dia entre Veneza e Pádua..."

Tinha sido antes da guerra — disse —, entre 1910 e 1915.

Estudava medicina em Pádua, e durante dois anos se deslocara de cá para lá entre as duas cidades; exatamente como fazíamos agora entre Ferrara e Bolonha. No entanto, a partir do terceiro ano, seus pais, que viviam preocupados com seu coração, preferiram que ele se estabelecesse em Pádua, num quarto alugado. E assim, nos três anos seguintes (formou-se em 1915 com o "grande" Arslan, aprovado com distinção e louvor), levou uma vida bastante sedentária se comparada à de antes. Passava com a família apenas dois dias na semana: sábados e domingos. Naquela época, Veneza não era uma cidade alegre, em especial nos domingos de inverno. Mas Pádua, com seus pórticos lúgubres e negros, eternamente tomados por um estranho cheiro de carne cozida!... Voltar a Pádua de trem, toda noite de domingo, sempre lhe dava um cansaço enorme: era preciso ter força.

"Posso imaginar sua dedicação aos estudos, doutor!", exclamou certa vez Bianca, que de tão habituada flertava até com Fadigati.

Ele não respondeu, limitando-se a sorrir com gentileza.

"Hoje em dia vocês têm o futebol, o cinema, passatempos saudáveis de todo tipo", disse depois. "Sabem qual era o principal programa de domingo para a juventude da minha época? Os salões de baile!"

Então torceu a boca, como se houvesse evocado os lugares mais abomináveis. E logo em seguida acrescentou que em Veneza ele pelo menos tinha uma casa, o pai e a mãe, sobretudo a mãe: ou seja, os "afetos" mais sagrados.

Como ele tinha adorado — suspirava — sua mãe, coitadinha!

Inteligente, culta, bonita, devota: nela sobressaíam todas as virtudes. Aliás, certa manhã — com os olhos umedecidos pela comoção —, tirou da carteira uma fotografia que circulou de mão em mão. Tratava-se de um pequeno oval desbotado. Mostrava uma senhora em vestes do século XIX, de meia-idade: de expressão suave, sem dúvida, mas um tanto insignificante no conjunto.

Vittorio Molon era o único entre nós que não vinha de família ferrarense. Proprietários agrícolas de Fratta Polesine, os Molon se mudaram do rio Pó para cá havia apenas cinco ou seis anos. E se notava: porque Vittorio, em especial quando falava em italiano, preservava totalmente o sotaque vêneto.

Um dia, Fadigati lhe perguntou se por acaso "eles" eram de Pádua.

"Pergunto isso", explicou, "porque quando morei lá, em Pádua, fui pensionista na casa de uma viúva que se chamava Molon, Elsa Molon. A casinha dessa sra. Molon ficava na Via San Francesco, nas vizinhanças da universidade, e a parte de trás dava para uma grande horta. Que vida eu levava! Não tinha parentes nem amigos em Pádua, nem mesmo entre os colegas de faculdade."

Em seguida, aparentemente divagando (mas foi a única vez em que abriu uma brecha para sua notável cultura literária; como se, mesmo nesse aspecto, tivesse imposto a si mesmo uma rigorosa reserva), começou a falar de uma novela de não sabia mais qual escritor inglês ou americano do século XIX, ambientada justo em Pádua, em fins do século XVI.

"O protagonista da novela", disse, "é um estudante, um estudante solitário assim como eu era trinta anos atrás. Tal como eu, mora num quarto de aluguel que dá para uma horta vastíssima, cheia de plantas venenosas..."

"Venenosas?!", interrompeu-o Bianca, arregalando os olhos azuis.

"Sim, venenosas", assentiu.

"Mas minha janela se abria", continuou, "para uma horta sem nenhuma planta venenosa: pode ficar tranquila, senhorita. Era uma horta muito normal, cultivada à perfeição por uma família de camponeses, uns tais Scagnellato, que morava num casebre colado à abside da igreja de San Francesco. Eu sempre descia ali para passear, com um livro na mão, sobretudo nos fins de tarde de julho, época das provas. Os Scagnellato, que muitas vezes me convidavam para jantar, eram a única família de Pádua de quem fiquei íntimo. Tinham dois filhos: dois belos rapazes, tão vivos e simpáticos, tão... Trabalhavam entre as plantações e a seara até quando não era mais possível enxergar. Em geral, naquela hora passavam a regar as plantas. Ah, o cheiro bom de estrume!"

O ar do compartimento estava cinzento com a fumaça de nossos cigarros Nacionais. Mas ele o aspirava a plenos pulmões, entrecerrando as pálpebras atrás das lentes e dilatando as narinas do grande nariz.

Fez-se um silêncio bastante prolongado e opressivo. Deliliers abriu os olhos e bocejou ruidosamente.

"Cheiro bom do estrume?", Bianca falou em seguida, com um risinho nervoso. "Que ideia!"

Espichando a cabeça, Deliliers deixou cair de viés sobre Fadigati uma mirada cheia de desprezo.

"Deixe para lá o estrume, doutor", escarneceu, "e nos fale um pouco mais daqueles dois rapazes da horta que lhe agradavam tanto. O que é que vocês faziam juntos?"

Fadigati estremeceu. Como se tivesse sido atingido de repente por uma violenta bofetada, sua cara larga e marrom se deformou sob nossos olhos numa careta dolorosa.

"Eh?... Como?", balbuciava.

Enojado, Deliliers se levantou. Abriu caminho entre nossas pernas e saiu para o corredor.

"O grosseirão de sempre!", desabafou Bianca, tocando o próprio joelho.

Lançou um olhar de desaprovação a Deliliers, exilado em pé no corredor, para lá da porta de vidro. Então, dirigindo-se a Fadigati:

"Por que o senhor não termina de contar a história?", propôs com gentileza.

Mas ele se recusou, por mais que ela insistisse. Alegou que não se lembrava bem do caso. De resto — concluiu com um véu de galanteria melancólica que soou particularmente forçado —, por que motivo ela queria tanto ouvir uma história que acabava — podia lhes garantir — tão mal?

Um único instante de distração lhe custara caro. Agora, é claro, temia o ridículo mais que nunca.

7

No fundo, ele se contentava com um nada, ou pelo menos era o que parecia. Era como se lhe bastasse permanecer ali, em nosso compartimento de terceira classe, com o ar de um velho que se aquece em silêncio diante de uma bela lareira.

Em Bolonha, por exemplo, assim que saíamos para o largo em frente à estação, ele entrava num táxi e ia embora. Depois de uma ou duas vezes em que, no início, nos acompanhara até a universidade, nunca mais aconteceu de o encontrarmos por perto sem saber como nos livrar dele. Conhecia bem, porque nós lhe indicamos, as trattorias honestas onde, por volta da uma, poderia facilmente nos encontrar: a Stella del Nord, na Strada Maggiore, ou a Gigino, aos pés das duas torres, ou a Gallina Faraona, em San Vitale. Todavia, nunca apareceu em nenhuma delas. Certa tarde, quando entramos num local da Via Zamboni para jogar bilhar, notamos que ele estava sentado a uma mesinha à parte, diante de um café e um copo d'água, imerso na leitura de um jornal. No mesmo instante ele percebeu nossa presença, claro. Mas fingiu que não; aliás, passados alguns minutos, chamou o garçom com um gesto, pagou e escapuliu de fininho.

Enfim, não era um sujeito indiscreto nem maçante.

No entanto, pouco a pouco, apesar de, grande como era, se encolher no banco de madeira do compartimento a tal ponto que não chegava a ocupar nem uma oitava parte dele, pouco a pouco, sem querer, quase todos começamos a lhe faltar com o respeito.

Na verdade, foi ele de novo quem errou: certa manhã, enquanto o trem fazia uma parada em San Pietro in Casale, de repente ele quis descer e pegar para nós os sanduíches e os biscoitos de sempre no bar da estação. "Hoje é por minha conta", anunciou, e não houve jeito de impedi-lo.

Então, do trem, pudemos vê-lo atravessar as plataformas desajeitado. Era certo que ele se esqueceria de quantos sanduíches e quantos pacotes de biscoito precisaria comprar. De fato, o que aconteceu foi exatamente isto: nós, que formávamos uma fileira debruçada na janela como recrutas bêbados, dando-lhe de longe as ordens mais desencontradas, gritando e debochando sem nenhuma consideração, e ele cada vez mais confuso e aflito à medida que os minutos passavam, tanto que por um triz não fica para trás, plantado ali.

Além disso havia Deliliers, que nunca lhe dirigia a palavra, atormentando-o sempre que possível com alusões explícitas, com duplos sentidos brutais. Mas o próprio Nino Bottecchiari, de quem ele extraíra as amígdalas na infância e o único a quem chamava de você, até Nino passou a tratá-lo com frieza. E ele? Era estranho de ver, penoso mesmo: quanto mais Nino e Deliliers carregavam nas ofensas, mais ele se desdobrava na vã tentativa de parecer simpático. Por uma palavra gentil, um olhar de concordância, um sorriso divertido que os dois lhe dispensassem, ele realmente teria feito qualquer coisa.

Com Nino, que na opinião unânime era o intelectual do grupo, e no ano anterior participara em Veneza dos *Littoriali** da Cultura e da Arte (classificou-se em quinto lugar em Doutrina do Fascismo e foi o segundo em Crítica Cinematográfica),

---

* Disputas esportivas e culturais promovidas pelo regime de Mussolini, das quais podiam participar os estudantes inscritos nos GUF.

tentava entabular discussões que dessem ao nosso colega a ocasião de brilhar: sobre cinema, justamente, mas até sobre política, embora, como frisou várias vezes, ele não entendesse grande coisa de política.

Mas não tinha sorte. Não acertava uma.

Começava a discorrer de cinema (disso ele entendia: aliás, fazia anos que passava as noites no cinema!), e Nino logo o cobria com uma saraivada de gritos histéricos, como se não lhe reconhecesse sequer o direito de tocar no assunto, como se ouvi-lo dizer, sei lá, que as velhas comédias de Ridolini eram "estupendas" (as mesmas que Nino várias vezes definira como "fundamentais") bastasse para que, num piscar de olhos, ele mudasse radicalmente sua "posição" sobre o tema.

Rechaçado, tentou então com a política. A guerra de Espanha estava prestes a se concluir com a vitória de Franco e do fascismo. Certa manhã, depois de ter passado os olhos na primeira página do *Corriere della Sera*, evidentemente convencido de não estar dizendo nada que pudesse desagradar nem a Nino nem a qualquer um de nós, ao contrário, seguro e sem a menor dúvida de que todos compartilhávamos seu ponto de vista, Fadigati expressou a opinião, na época nem um pouco extraordinária, de que o iminente triunfo de "nossos legionários" fosse algo de grande valor. Mas eis que o imprevisível se desencadeou num instante. Como se tivesse sido atravessado por uma descarga elétrica, e erguendo a voz de tal modo que Bianca a certa altura pensou em lhe tapar a boca com a mão, Nino começou a vociferar que "talvez" isso fosse um desastre, que, ao contrário do que o outro dizia!, isso "talvez fosse o início do fim", e que ele se envergonhasse de, em sua idade, continuar sendo tão "irresponsável".

"Desculpe, meu filho… veja… se me permite…", Fadigati repetia balbuciando, mais pálido que um defunto. Perdido sob o avanço da tempestade, ele não entendia. Corria os olhos ao redor quase buscando uma explicação. Mas nós também estávamos desconcertados demais para lhe dar atenção; sobretudo eu, que no ano anterior, durante uma de nossas habituais discussões, fui acusado justo por Nino — um partidário de Gentile, ardente defensor do Estado ético — de estar embebido em "ceticismo crociano"... Entretanto, bem lá no fundo, os olhos redondos do doutor estavam realmente aterrorizados ou, brilhando vívidos atrás das lentes, estariam cheios de uma satisfação amarga, de uma infantil, inexplicável e cega alegria?

Em outra ocasião, falávamos todos juntos de esporte.

Se em matéria de cultura Nino Bottecchiari era considerado nosso número um, nos esportes quem tinha a primazia era Deliliers, sem sombra de dúvida. Ferrarense apenas por parte de mãe (o pai, nascido em Imperia — acho — ou Ventimiglia, tinha morrido em 1918 no Grappa, à frente de uma companhia de Arditi), ele também, assim como Vittorio Molon, fizera em Ferrara apenas o ensino médio, ou seja, os quatro anos de liceu científico. De todo modo, aqueles quatro anos foram mais que suficientes para fazer de Eraldo, que em 1935 vencera o campeonato regional de boxe na categoria estudantil dos pesos médios — e afora isso era um belíssimo rapaz, com um metro e oitenta de altura, rosto e corpo de estátua grega —, um autêntico reizinho local. Ainda não tinha nem vinte anos, e já lhe atribuíam três ou quatro conquistas clamorosas. Uma colega sua de escola, que se matou no mesmo ano em que ele ganhou o título de campeão da Emília-Romanha, fez isso, segundo se dizia, por amor a ele. Da noite para o dia ele passou a ignorá-la; então ela, coitada, correu direto e se jogou no rio Pó. O certo é que, mesmo no ambiente estudantil, Eraldo Deliliers era mais que querido, era idolatrado. Ao nos vestirmos, tomávamos como modelo suas roupas, que a mãe dele escovava, alvejava e passava incansavelmente. Estar ao lado dele nas manhãs de domingo, no Caffè della Borsa, com as costas apoiadas numa coluna do pórtico e olhando as pernas das mulheres que passavam, era considerado um verdadeiro privilégio.

Enfim, certa vez, no trem, por volta de fins de maio, estávamos falando de esporte com Deliliers. Do atletismo, passamos a discutir sobre boxe. Ele, Deliliers, nunca dava muita intimidade a ninguém. Naquele dia, ao contrário, se abriu bastante. Disse que não gostava de estudar, que precisava de muito dinheiro "para viver" e que por isso, se conseguisse realizar um certo "lance" que vinha planejando, depois se dedicaria exclusivamente à "nobre arte".

"Como profissional?", ousou perguntar Fadigati.

Deliliers o olhou como se olha uma barata.

"É claro", disse. "Tem medo de que eu estrague meu rosto, doutor?"

"Não me preocupo com o rosto, embora, pelo que vejo, já esteja bem marcado nos arcos dos supercílios. De qualquer modo, sinto-me no dever de avisar-lhe que o boxe, sobretudo quando praticado profissionalmente, com o passar do tempo se torna deletério para o organismo. Se eu fosse do governo, proibiria o pugilismo, inclusive o diletante. Mais que um esporte, o considero uma espécie de assassinato legal. Pura brutalidade organizada..."

"Mas me faça o favor!", interrompeu-o Deliliers. "O senhor já viu uma luta?"

Fadigati foi forçado a admitir que não. Disse que, embora fosse médico, sangue e violência lhe causavam horror.

"Pois então, se nunca viu uma luta", rebateu Deliliers, "por que se mete a falar do que não sabe? Quem pediu sua opinião?"

E mais uma vez, enquanto Deliliers lhe dirigia essas palavras quase gritando e, em seguida, virando-lhe as costas, nos explicava bem mais calmo que o boxe, "ao contrário do que certos cretinos podem pensar", é um jogo de pernas, de timing e substancialmente de esquiva, sobretudo de esquiva, mais uma vez vi brilhar nos olhos de Fadigati a luz absurda mas inequívoca de uma felicidade interior.

Nino Bottecchiari era o único de nós que não venerava Deliliers. Não eram amigos, mas respeitavam um ao outro. Diante de Nino, Deliliers atenuava bastante sua pose habitual de gângster, e Nino, por sua vez, posava bem menos de professor.

Certa manhã, Nino e Bianca faltaram (foi em junho, creio, na época das provas). Éramos apenas seis no compartimento, todos homens.

Eu estava com dor de garganta, e me queixei. Lembrando-se de quando, garoto, durante o período de crescimento, eu precisei me tratar seguidamente das crises de amigdalite, Fadigati de pronto se ofereceu a dar "uma olhada".

"Vamos ver."

Ergueu os óculos sobre a testa, pegou-me a cabeça entre as mãos e começou a perscrutar minha garganta.

"Diga *aaaa*", ordenou, com atitude profissional.

Obedeci. E ele ainda estava ali, examinando-me enquanto recomendava com ar benévolo que eu me cuidasse, que não suasse, porque as amígdalas, "se bem que agora estejam bem reduzidas", continuavam sendo claramente meu... "calcanhar de aquiles", quando de repente Deliliers se saiu com esta:

"Desculpe, doutor. Quando terminar, se incomodaria de também dar uma olhadinha em mim?"

Fadigati se virou, evidentemente espantado com o pedido e com o tom suave que Deliliers adotou ao formulá-lo.

"O que o senhor está sentindo?", indagou. "Sente dificuldade de engolir?"

Deliliers cravava seus olhos azuis em Fadigati. Sorria, descobrindo de leve os incisivos.

"Não estou com dor de garganta", falou.

"Então onde está doendo?"

"Aqui", fez Deliliers, apontando para a própria calça, na altura da virilha.

Então explicou calmo, indiferente, mas não sem uma ponta de orgulho, que há cerca de um mês vinha sofrendo as consequências de um "presente das virgenzinhas da Via Bomporto": uma "roubada daquelas, pura enganação!", e por causa disso tinha precisado parar "até" com a ginástica na academia. O dr. Manfredini — acrescentou — o tratava com azul de metileno e irrigações diárias de permanganato. Mas o tratamento estava demorando muito, e ele precisava se recuperar o mais rápido possível.

"Minhas mulheres já começaram a se queixar, o senhor entende... E então, será que o senhor poderia fazer a gentileza de dar uma olhadinha em mim também?"

Fadigati voltara a se sentar.

"Meu caro", murmurou, "o senhor sabe perfeitamente que eu não entendo de doenças desse tipo. Além disso, o dr. Manfredini..."

"É claro que o senhor entende, e como!", zombou Deliliers.

"Sem falar que aqui, no trem...", retomou Fadigati, olhando assustado para o corredor, "aqui no trem... como é possível?..."

"Ah, se for por isso", respondeu de pronto Deliliers, contraindo os lábios com desdém, "há sempre um banheiro, se o senhor preferir."

Houve um instante de silêncio.

Foi Fadigati quem primeiro explodiu numa sonora risada.

"O senhor está brincando!", gritou. "Será possível que nunca para de brincar. Realmente acha que sou algum ingênuo?"

Então, inclinando-se de leve para o lado e batendo com a mão num de seus joelhos:

"Ah, o senhor precisa ter cuidado!", disse. "Se não tiver cuidado, mais cedo ou mais tarde vai acabar muito mal!"

E Deliliers retrucou, dessa vez sério:

"O senhor é que precisa ficar atento."

Dali a uns dias estávamos reunidos por volta das seis da tarde na Confeitaria Majani, na Via Indipendenza. Fazia um calor terrível. Foi Nino Bottecchiari quem propôs tomarmos um sorvete. Se não tomássemos — dissera —, daqui a pouco, no "expresso" de volta, nos arrependeríamos amargamente.

Já naquela época, antes do remodelamento de 1940, a Majani era uma das maiores de Bolonha. Consistia de uma enorme sala semiescura, de cujo teto, altíssimo e tenebroso, pendia um único e gigantesco lustre de vidro de Murano. Com um diâmetro de dois ou três metros, representava uma rosa. Era apinhado em grande quantidade de umas lampadazinhas empoeiradas, das quais chovia uma luz extraordinariamente tênue.

Tão logo entramos, nossos olhos correram ao fundo do salão, de onde vinha um som de risadas.

Deviam ser uns vinte rapazes, a maior parte trajando uniforme esportivo azul-escuro: alguns estavam sentados, outros de pé, cada um com sua taça de *semifreddo* ou casquinha de sorvete. E continuavam falando em voz alta, nos sotaques mais variados: bolonheses, romanholos, vênetos, toscanos e das Marcas. Bastava olhá-los para saber que pertenciam àquela categoria peculiar de estudantes universitários bem mais assídua em estádios e piscinas que em salas de aula e bibliotecas.

Com exceção de Deliliers, que logo nos cumprimentou erguendo de longe o braço num gesto amigável, a princípio não notamos nenhum outro conhecido entre os presentes. Mas, depois de alguns instantes, quando nos habituamos à meia-luz do ambiente, percebemos misturado entre o grupo um senhor mais velho, sentado ao lado de Deliliers e de costas voltadas para a entrada. Estava ali, com o chapéu na cabeça, as mãos recolhidas no castão da bengala, sem tomar nada. Aguardava. Como um pai de coração terno que tivesse concordado em pagar sorvetes a um bando de filhos e sobrinhos barulhentos e agora esperasse em silêncio, um tanto constrangido, que os queridos pirralhos terminassem de lamber e chupar à vontade, para depois, mais tarde, levá-los para casa...

Aquele senhor era o dr. Fadigati, naturalmente.

8

Naquele verão, fomos mais uma vez passar as férias em Riccione, na vizinha costa adriática. Todo ano era a mesma coisa. Meu pai, depois de tentar em vão nos arrastar para as montanhas, nas Dolomitas, locais onde ele combatera durante a guerra, no final se resignava a voltar para Riccione e alugar a mesma casa, ao lado do Grand Hôtel. Lembro-me muito bem. Mamãe, eu e Fanny, nossa irmãzinha caçula, saíamos de Ferrara no dia 10 de agosto, acompanhados da criada de casa (Ernesto, meu outro irmão, estava na Inglaterra desde meados de julho, *au pair* junto a uma família de Bath, para praticar a língua). Quanto a meu pai, que ficara na cidade, ele nos alcançaria mais tarde: assim que os afazeres com a propriedade rural de Masi Torello o permitissem.

No mesmo dia de nossa chegada, logo fiquei sabendo de Fadigati e Deliliers. Na praia, já naquela época lotada de ferrarenses em veraneio com as famílias, só se falava deles, de sua "amizade escandalosa".

De fato, desde os primeiros dias de agosto, os dois tinham sido vistos passando de um hotel a outro nas várias cidadezinhas balneárias disseminadas entre Porto Corsini e a Punta di Pesaro. Apareceram pela primeira vez em Milano Marittima, na outra margem do porto-canal de Cervia, reservando um belo quarto no Hôtel Mare e Pineta. Depois de uma semana, transferiram-se para Cesenatico, no Hôtel Britannia. E assim, pouco a pouco, despertando em cada lugar enorme agitação e boataria infinita, passaram por Viserba, Rimini, a própria Riccione, Cattolica. Viajavam de carro: um Alfa Romeo 1750 de dois lugares, vermelho, do tipo Mil Milhas.

Por volta de 20 de agosto, sem que se esperasse, lá estavam eles de novo em Riccione, hospedados no Grand Hôtel, como tinham feito uns dez dias antes.

O Alfa Romeo era novinho em folha, seu motor produzia uma espécie de rosnado. Além de viajar, os dois amigos se serviam dele em todos os passeios da tarde, quando, na hora do pôr do sol, a massa dos banhistas atravessava a areia da praia para se espalhar nos calçadões. Sempre quem dirigia era Deliliers. Louro, bronzeado, lindo em suas malhas justas, em suas calças de lã cor creme (nas mãos, apoiadas com negligência sobre o volante, ostentava certas luvas de camurça perfurada cujo alto preço era inquestionável), evidentemente era a ele, a seu exclusivo capricho, que o automóvel obedecia. O outro não fazia nada. Todo vaidoso de sua boina lisa em tecido escocês e seus óculos de copiloto ou de mecânico (objetos dos quais não se separava nem mesmo quando o carro, atravessando a massa com dificuldade, devia percorrer a passo de homem o trecho da alameda em frente ao Caffè Zanarini), limitava-se a ser transportado para cima e para baixo, aboletado no assento ao lado do companheiro.

Continuavam a dormir no mesmo quarto, a comer na mesma mesa.

E sentavam-se à mesma mesa também à noite, quando a orquestra do Grand Hôtel, transferidos os instrumentos do salão de almoço no térreo para o terraço externo, exposto à brisa marinha, passava das peças musicais de fundo ao ritmo sincopado. O terraço logo se enchia (eu também ia lá muitas vezes, com os novos amigos da praia), e Deliliers não deixava escapar um tango, uma valsa, um *paso doble*, um *slow*. Fadigati não dançava, é claro. Levando de vez em quando aos lábios o canudo que pescava de sua bebida, não deixava nem por um segundo de seguir com os olhos redondos, por sobre a borda da taça, as perfeitas evoluções que o amigo cumpria à distância, abraçado às garotas e às senhoras mais elegantes, mais vistosas. Quando voltavam do passeio de carro, ambos subiam depressa até o quarto para vestir o smoking. Sisudo, de tecido preto e pesado o de Fadigati; de jaqueta branca, justa e estreita na cintura, o de Deliliers.

Também frequentavam a praia juntos; embora de manhã fosse geralmente Fadigati quem saísse primeiro do hotel.

Chegava quando ainda não havia quase ninguém, entre as oito e meia e as nove, cumprimentado respeitosamente pelos salva-vidas, com os quais, segundo eles mesmos diziam, era sempre muito generoso nas gorjetas. Vestido da cabeça aos pés com uma roupa normal de cidade (somente mais tarde, quando o calor aumentava, se decidia a desembaraçar-se da gravata e dos sapatos; mas o panamá branco, com a aba abaixada sobre os óculos escuros, este ele não tirava nunca), ia sentar-se sob o guarda-sol solitário que, por ordens dele, era instalado à frente de todos os outros, a poucos metros da orla. Deitado numa *chaise longue*, as mãos cruzadas atrás da nuca e um romance policial aberto sobre os joelhos, permanecia assim por umas boas duas horas, a olhar o mar.

Deliliers nunca chegava antes das onze. Com seu belo passo de fera preguiçosa, que ficava ainda mais elegante pelo leve embaraço das sandálias, ele atravessava sem nenhuma pressa o espaço de areia escaldante entre as barracas e os guarda-sóis. Mostrava-se quase nu. Os calções brancos que acabara de apertar no quadril esquerdo justo naquele momento, a correntinha de ouro que sempre trazia no pescoço e da qual pendia, em cima do tórax, o medalhão de Nossa Senhora, tudo contribuía para acentuar sua nudez. E embora lhe custasse, sobretudo nos primeiros dias, um certo esforço cumprimentar até mesmo a mim, quando me percebia ali, ao abrigo de nossa barraca; embora, ao cruzar os espaços entre as barracas e os guarda-sóis, nunca deixasse de franzir a fronte em sinal de fastio; nem por isso era o caso de acreditar nele. Era evidente que se sentia admirado pela maior parte dos que estavam lá, tanto homens quanto mulheres, e isso lhe dava um grande prazer.

Todos sem dúvida o admiravam, homens e mulheres. Mas afinal cabia a Fadigati arcar de algum modo com a indulgência que o setor ferrarense da praia de Riccione reservava a Deliliers.

Nossa vizinha de barraca naquele ano era a sra. Lavezzoli, a esposa do advogado. Perdida agora toda a antiga importância, hoje não é mais que uma velha. Mas naquela época, no maduro esplendor de seus quarenta anos, circundada pelo eterno zelo de seus três filhos adolescentes, dois rapazes e uma moça, e pelo não menos eterno de seu digníssimo consorte, ilustre advogado civil, professor universitário e ex-deputado seguidor de Salandra, na época ela era considerada uma das mais autorizadas influências da opinião pública citadina.

Então, apontando seu monóculo para o guarda-sol onde Deliliers tinha parado, a sra. Lavezzoli, que tinha nascido e crescido em Pisa, "à beira do Arno", e se servia com extraordinária destreza de sua veloz língua toscana, nos mantinha continuamente informados de tudo o que acontecia "lá".

Quase com a técnica de um radialista esportivo, reportava, por exemplo, que os "noivinhos" de repente se levantaram das espreguiçadeiras e estavam se dirigindo ao catamarã mais próximo: evidentemente o rapaz havia manifestado o desejo de dar um mergulho em mar aberto, e o "sr. doutor", para não aguardar sua volta sozinho, "em palpitações", obteve a permissão de acompanhá-lo. Ou então descrevia e comentava os exercícios atléticos que Deliliers executava seminu após o banho, para enxugar-se sob o sol, enquanto o "bem-amado", inativo ali ao lado com uma toalha felpuda nas mãos, com certeza acorreria com o maior prazer a fim de ele mesmo enxugá-lo, ele mesmo tocá-lo...

Ah, aquele Deliliers — acrescentava em seguida, sempre de sua barraca para a nossa, dirigindo-se sobretudo à minha mãe, talvez acreditando que baixasse o tom de voz de tal modo que os "filhos" não conseguiriam ouvi-la, mas na verdade falando mais alto que nunca —, aquele Deliliers no fundo não passava de um garoto mimado, um "rapazola" a quem o serviço militar faria muito bem no devido tempo. Já o dr. Fadigati, não. Um senhor de sua condição, de sua idade, não era perdoável de maneira nenhuma. Ele era "assim"? Pois bem, paciência! Quem o tinha feito sentir o peso disso até então? Mas vir exibir-se justamente em Riccione, onde com certeza não ignorava quanto era conhecido, vir dar espetáculo justo naquele local, quando a Itália dispunha, se ele quisesse, de milhares de praias em que não haveria o perigo de topar com um ferrarense sequer!? Não, isso não. Apenas de um "pervertido" (e, ao dizer isso, a sra. Lavezzoli faiscava os grandes olhos azuis de rainha com umas chamas de autêntica indignação), apenas de um "velho degenerado" seria possível esperar uma coisa desse tipo.

A sra. Lavezzoli falava, e eu teria dado uma fortuna para que se calasse, de uma vez por todas. Sentia que era injusta. Fadigati me incomodava, sem dúvida, mas não era por ele que eu me considerava ofendido. Conhecia perfeitamente o caráter de Deliliers. Naquela escolha das praias da Romanha, todas tão próximas de Ferrara, havia toda a sua maldade e arrogância. Fadigati não tinha nada a ver com aquilo, com certeza. Acho até que ele se envergonhava. Se não me cumprimentava, se também fingia não me reconhecer, devia ser sobretudo por isso.

À diferença do advogado Lavezzoli, que estava na praia desde o início de agosto e, portanto, sabia do escândalo como todo mundo (porém, debaixo da barraca, enquanto a esposa dava lições, ele só fazia ler *Antonio Adverse*, e nunca o escutei conversar com ninguém), meu pai só chegou a Riccione na manhã do dia 25, um sábado: ainda mais tarde que o previsto e, é óbvio, sem saber de nada. Chegou de trem, inesperadamente. Não encontrando ninguém em casa, nem mesmo a cozinheira, desceu logo para a praia.

Avistou Fadigati quase de pronto. Antes que minha mãe ou os Lavezzoli pudessem detê-lo, marchou alegre em direção a ele.

Fadigati estremeceu, se virou. Meu pai já lhe estendera a mão, e ele ainda estava tentando se levantar da *chaise longue*.

Por fim conseguiu. Depois disso, durante pelo menos cinco minutos, nós os vimos conversando de pé sob o guarda-sol, de costas para nós.

Ambos olhavam a imóvel extensão do mar, lisa, palidamente luminosa, sem a mínima crispação. E meu pai, que expressava com toda a sua pessoa a felicidade de ter "fechado a lojinha" (falava assim quando, em Riccione, queria se referir a todas as coisas desagradáveis deixadas na cidade: negócios, casa vazia, calor de verão, almoços melancólicos no Roveraro, pernilongos etc.), indicava a Fadigati com o braço erguido as centenas de catamarãs espalhados a uma variada distância da orla, alguns muito longe, apenas visíveis no horizonte e quase suspensos no ar, as velas cor de ferrugem dos pesqueiros e dos veleiros dali.

Finalmente vieram para nossa barraca, Fadigati um metro atrás de meu pai, trazendo no rosto uma estranha expressão, entre suplicante, nauseado e culpável. Devia ser por volta das onze, Deliliers ainda não tinha aparecido. Enquanto eu levantava para ir ao encontro deles, notei que o doutor lançava para além da linha das barracas, de onde a qualquer momento esperava ou temia ver despontar o amigo, uma rápida mirada cheia de aflição.

9

Beijou a mão de minha mãe.

"O senhor conhece o advogado Lavezzoli, não é?", meu pai foi logo dizendo, em voz alta.

Fadigati teve um átimo de hesitação. Olhou para meu pai fazendo que sim com a cabeça; então, pisando em ovos, virou--se para a barraca dos Lavezzoli.

O advogado parecia absorvido mais do que nunca na leitura de *Antonio Adverse*. Os três "filhinhos", deitados de bruços na areia a dois passos de distância, fazendo um círculo em torno de uma toalha de banho, tomavam sol nas costas, imóveis como lagartos. A senhora estava bordando uma toalha de mesa que lhe caía dos joelhos em largas dobras. Parecia uma Madona renascentista em seu trono de nuvens.

Famoso por sua candura, meu pai não se dava conta das assim chamadas "situações", até se ver metido nelas até o pescoço.

"Advogado", gritou, "veja só quem está aqui!"

Antecipando a resposta do marido, a sra. Lavezzoli já estava pronta a intervir. Ergueu de chofre os olhos da toalha e, num impulso, estendeu a Fadigati o dorso da mão.

"Mas claro... mas claro...", gorjeou.

Fadigati avançou abatido sob o sol, e como sempre bambeava um pouco na areia por causa dos sapatos. Mesmo assim, ao chegar à barraca dos Lavezzoli, beijou a mão da senhora, apertou a do advogado — que nesse meio-tempo se pusera de pé — e apertou uma a uma a mão dos três adolescentes. Por fim, retornou à nossa barraca, onde meu pai já lhe preparara uma *chaise longue*, ao lado da de mamãe. Parecia muito mais tranquilo do que pouco antes: aliviado como um estudante depois de uma prova difícil.

Assim que conseguiu se sentar, soltou um suspiro de satisfação.

"Mas como é bonito aqui", disse, "e que bela ventilação!"

Virou-se ligeiramente para falar comigo.

"Você se lembra de Bolonha, no mês passado, que calor insuportável fazia?"

Então explicou a meu pai e a minha mãe, aos quais eu nunca falara de nossos encontros periódicos no expresso matutino das seis e cinquenta, como nos últimos três meses tínhamos feito uma "ótima companhia". Expressava-se com desenvoltura mundana. Não lhe parecia verdade — era perfeitamente claro — o fato de estar ali, com a gente, até com os temidos Lavezzoli, restituído de súbito ao seu ambiente, aceito de novo pela sociedade de pessoas cultas e bem-educadas à qual sempre pertencera. "Aah!", fazia continuamente, alargando o peito para acolher a brisa marinha. Era claro que se sentia feliz, livre, e ao mesmo tempo tomado de gratidão diante de todos os que lhe permitiam sentir-se assim.

Enquanto isso, meu pai tinha conduzido a conversa para o incrível abafamento daquele agosto em Ferrara.

"De noite era impossível dormir", dizia, contraindo o rosto numa careta de sofrimento: como se lhe bastasse a lembrança do calor urbano para sentir mais uma vez toda a sua opressão. "Acredite em mim, doutor, não se conseguia nem fechar o olho. Há quem date o início da Era Moderna no ano em que inventaram o inseticida. Eu não discuto. Mas o inseticida também quer dizer janelas fechadas. E janelas fechadas significam lençóis que grudam na pele de tanto suor. Não é brincadeira. Até ontem eu via aterrorizado a noite se aproximando. Malditos mosquitos!"

"Aqui é diferente", disse Fadigati num rompante de entusiasmo. "Mesmo nas noites mais quentes, aqui é sempre possível respirar."

E começou a discorrer sobre as "vantagens" da costa adriática em comparação às outras costas do resto da Itália. Era veneziano, admitiu, havia passado a infância e a adolescência no Lido, portanto seu julgamento talvez pecasse de parcialidade. Mas o Adriático lhe parecia bem mais relaxante que o Tirreno.

A sra. Lavezzoli estava de orelha em pé. Dissimulando a intenção maldosa por trás de um falso orgulho bairrista, tomou impetuosamente as dores do Tirreno. Declarou que, se tivesse a oportunidade de escolher entre férias em Riccione ou em Viareggio, não teria hesitado nem um instante.

"Basta ver certas noites", acrescentou. "Quem passa na frente do Caffè Zanarini tem a impressão de não ter se afastado de Ferrara nem um quilômetro. Pelo menos no verão — vamos ser sinceros — seria desejável encontrar novas caras, figuras diferentes daquelas que se oferecem à nossa vista todo o resto do ano. Parece que estamos caminhando pela Giovecca, ou pela avenida Roma, sob os pórticos do Caffè della Borsa. Não acha?"

Incomodado, Fadigati se mexeu sobre a *chaise longue*. De novo seus olhos escaparam por sobre a linha das barracas. Mas ainda nem sinal de Deliliers.

"Pode ser, pode ser", respondeu com um sorriso nervoso, voltando a fixar os olhos no mar.

Como todas as manhãs entre as onze e o meio-dia, a água tinha mudado de cor. Não era mais a massa pálida e oleosa de meia hora antes. O vento forte que vinha do mar aberto, o sol quase a pino a haviam transformado numa extensão azul, constelada de inumeráveis centelhas de ouro. A praia começava a ser atravessada rapidamente pelos primeiros banhistas. E também os três jovens Lavezzoli, depois de terem pedido permissão à mãe, se dirigiram para sua cabine a fim de trocar de roupa.

"Pode ser", repetiu Fadigati. "Mas onde a senhora encontrará, minha cara, tardes como as que o sol nos proporciona nestas bandas, quando se prepara para descer atrás de

l'azzurra visïon di San Marino?"

Tinha declamado o verso de Pascoli com voz cantante, levemente nasal, enfatizando cada sílaba e ressaltando a diérese de "*visïon*". Seguiu-se um silêncio embaraçado; mas logo o doutor recomeçou a dissertar.

"Posso perceber", prosseguiu, "como os ocasos da Riviera do Levante são magníficos. Entretanto é preciso sempre pagar um alto preço por eles; o preço, quero dizer, das tardes afogueadas, com o mar transformado numa espécie de espelho ustório, e com as pessoas forçadas a ficar trancadas em casa ou, no máximo, refugiadas nos pinheirais. Mas a senhora já deve ter notado a cor do Adriático depois das duas ou três. Mais que azul, torna-se negro; isto é, não ficamos ofuscados por ele. A superfície da água absorve os raios do sol, não os reflete. Ou melhor, reflete-os, sim, mas na direção da... Iugoslávia! Eu, por mim", concluiu, totalmente absorto, "não vejo a hora de almoçar para poder voltar logo à praia. Às duas da tarde. Não há momento mais belo para gozar na santa paz nosso divino Amaríssimo!"

"Imagino que virá acompanhado daquele seu... aquele seu amigo inseparável", disse ácida a sra. Lavezzoli.

Chamado tão rudemente à realidade, Fadigati se calou, confuso.

Mas eis que um repentino agrupamento de pessoas, a algumas centenas de metros para os lados de Rimini, chamou a atenção de meu pai.

"O que é que está acontecendo?", perguntou, levando uma mão à testa para ver melhor.

Através do vento, chegaram gritos de viva misturados a bater de palmas.

"É o Duce que está vindo para a água", explicou a sra. Lavezzoli, compenetrada.

Meu pai torceu a boca.

"Será possível que não se escape disso nem mesmo na praia?", lamentou-se entredentes.

Romântico, patriota, politicamente ingênuo e despreparado como tantos outros judeus italianos de sua geração, também meu pai se filiara ao fascismo quando retornou do front em 1919. Portanto, foi um fascista desde a "primeira hora", e no fundo continuou sendo, apesar de sua bondade e honestidade. Mas desde que, transcorridas as batalhas dos primeiros tempos, Mussolini começou a se entender com Hitler, ele passou a ficar inquieto. Não parava de pensar numa possível explosão de antissemitismo também na Itália; e de vez em quando, mesmo sofrendo por isso, deixava escapar umas palavras amargas contra o Regime.

"Ele é tão simples, tão humano", prosseguiu a sra. Lavezzoli sem se incomodar. "Como bom marido, todo sábado de manhã ele pega o carro e, pronto, é capaz de fazer toda a estrada de Roma a Riccione."

"Realmente muito bom", escarneceu meu pai. "Quem sabe como dona Rachele deve estar contente!"

Olhava o advogado Lavezzoli atentamente, buscando sua aprovação. O advogado Lavezzoli não se recusara a filiar-se ao partido? Não tinha sido signatário em 1924 do famoso manifesto Croce, e pelo menos por alguns anos, pelo menos até 1930, fora considerado um "demoliberal" e derrotista? Mas foi inútil. Embora finalmente tivessem desgrudado das muitas páginas de *Antonio Adverse*, os olhos do advogado se mantiveram insensíveis ao mudo chamado dos de meu pai. Esticando o pescoço e semicerrando as pálpebras, o ilustre prof. advogado perscrutava obstinado em direção ao mar. Os "filhinhos" tinham alugado um catamarã e estavam se afastando muito da orla.

"Noutro sábado", continuava dizendo a sra. Lavezzoli, "Filippo e eu estávamos voltando para casa de braços dados pela alameda dos Mille. Eram sete e meia, ou pouco mais cedo. De repente, do portão de uma *villa*, quem eu vejo sair? O Duce em pessoa, vestido de branco da cabeça aos pés. Falei: 'Boa noite, excelência'. E ele, gentilíssimo, tirando o chapéu: 'Boa noite, senhora'. Não é verdade, Pippo", acrescentou, virando-se para o marido, "não é verdade que ele foi gentilíssimo?"

O advogado anuiu.

"Talvez devêssemos ter a modéstia de reconhecer que erramos", disse ele com gravidade, dirigindo-se a meu pai. "O Homem, não vamos esquecer, nos deu o Império."

Como se tivessem sido registradas numa fita magnética, reencontro na memória, uma a uma, todas as palavras daquela distante manhã.

Depois de ter pronunciado sua sentença (ao ouvi-la, meu pai arregalou muito os olhos), o advogado Lavezzoli retomou a leitura. Nesse momento, a senhora não se conteve mais. Incitada pela frase do cônjuge, em especial por aquela palavra, "Império", que talvez até então nunca tivesse ouvido de sua austera boca, insistia sem dar trégua no "bom coração" do Duce, em seu generoso sangue da Romanha.

"A propósito", disse, "quero lhes contar um episódio do qual eu mesma fui testemunha três anos atrás, exatamente aqui, em Riccione. Certa manhã, o Duce estava tomando banho de mar com os dois filhos mais velhos, Vittorio e Bruno. Por volta da uma ele sai da água e o que encontra, esperando por ele? Um despacho telegráfico que acabara de chegar, comunicando a notícia de que o chanceler austríaco Dollfuss tinha sido assassinado. Naquele ano, nossa barraca ficava a dois passos da barraca dos Mussolini: então o que estou dizendo é a pura verdade. Assim que leu o telegrama, o Duce soltou um grande palavrão em dialeto (ah, é compreensível, o temperamento, o temperamento!). Mas depois começou a chorar, eu mesma vi as lágrimas que banhavam suas faces. Os Mussolini eram grandes amigos dos Dollfuss. E mais: justamente naquele verão a sra. Dollfuss, uma senhora pequena, magra, modesta, tão simpática, era hóspede deles, em sua *villa*, com os meninos. E ele chorava, o Duce, com certeza pensando no que dali a poucos minutos, ao voltar à casa para almoçar, teria de dizer àquela mãe infeliz…"

Fadigati se levantou num salto. Humilhado pela frase venenosa da sra. Lavezzoli, desde aquele momento não abriu mais a boca. Totalmente absorto, não fazia senão morder os lábios. Por que Deliliers estava demorando tanto? O que tinha acontecido com ele?

"Com licença", murmurou constrangido.

"Mas ainda é cedo!", protestou a sra. Lavezzoli. "Não vai esperar seu amigo? Ainda faltam vinte minutos para o toque da uma!"

Fadigati balbuciou algo incompreensível. Apertou todas as mãos ao redor e então foi embora, arrastando-se rumo ao guarda-sol.

Ao chegar lá, inclinou-se para recolher o romance policial e a toalha felpuda. Depois disso, nós o vimos atravessar de novo a praia sob o sol da uma, mas dessa vez em direção ao hotel.

Caminhava com dificuldade, segurando o livro debaixo do braço e a toalha no ombro, o rosto desfeito no suor e na angústia. Tanto que meu pai, informado de imediato sobre cada detalhe, e o seguindo com olhos piedosos, murmurou em surdina:

"*Puvràz.*"

10

Logo depois de almoçar, voltei sozinho para a praia.

Sentei-me debaixo da barraca. O mar já estava azul-escuro. Mas naquele dia, começando a poucos metros da orla até se perder de vista, as cristas de cada onda ostentavam cada uma um penacho mais alvo que a neve. O vento soprava sempre do mar aberto, mas agora um pouco de través. Quando eu erguia o binóculo militar de meu pai de modo a enquadrar o promontório da Punta di Pesaro, que fechava o arco da baía à minha direita, avistava lá no alto os troncos dos pinheiros vergando, com suas copas selvagemente agitadas. Impelidas pelo chamado vento grego da tarde, as longas vagas se sucediam em fileiras cerradas e contínuas. Antes de começarem a perder altitude desde seus cimos de espuma até quase sumirem de todo nos últimos metros, parecia que se precipitavam de assalto à terra firme. Deitado na *chaise longue*, eu ouvia o baque surdo das ondas contra a orla.

O deserto do mar, de onde haviam desaparecido até as velas dos pesqueiros (na manhã seguinte, que era um domingo, elas apareceriam alinhadas em sua maioria ao longo dos atracadouros dos canais portuários de Rimini e Casenatico), correspondia também ao deserto completo da praia. Numa barraca não distante da nossa, alguém fazia um gramofone girar. Não poderia dizer que música tocava: talvez um jazz. Por mais de três horas permaneci assim, com os olhos fixos num velho pescador de berbigões que vinha escavando o fundo do mar ali em frente, a pouquíssima distância da parte seca, e aquela música nos ouvidos, não menos triste e incansável. Quando me levantei, pouco depois das cinco, o velho ainda continuava catando seus berbigões, o gramofone tocando. O sol havia alongado bastante as sombras das barracas e dos guarda-sóis. A do guarda-sol de Fadigati quase tocava a água.

Perto do mar, a cúpula em frente ao Grand Hôtel confinava diretamente com as dunas. Assim que pus os pés ali, logo notei Fadigati sentado num dos bancos de cimento defronte da escadaria externa do hotel.

Ele também me viu.

"Bom dia", falei, me aproximando.

Fez um aceno ao banco.

"Por que não se senta? Sente-se um momento."

Obedeci.

Fadigati levou a mão ao bolso interno do paletó, tirou um maço de Nacionais e o ofereceu a mim.

No maço só restavam dois cigarros. Ele percebeu que eu hesitava em aceitar.

"São Nacionais!", exclamou, com um brilho de estranho fanatismo nos olhos.

Por fim, compreendeu o motivo de minha incerteza e sorriu.

"Ah, pegue, pode pegar! Como bons amigos: um para o senhor e um para mim."

Cantando os pneus na curva do asfalto, um carro irrompeu no largo. Fadigati se virou para ver, mas sem esperança. De fato, não era o Alfa. Tratava-se de um Fiat 1500, uma *berlina* cinza.

"Acho que preciso ir", falei.

Entretanto, aceitei um dos cigarros.

Ele notou minhas sandálias.

"Vejo que está vindo da praia. Imagino que belo mar, hoje!"

"Sim, mas não para tomar banho."

"Nunca lhe passe pela cabeça a ideia de mergulhar antes de certa hora, me faça o favor!", exclamou. "O senhor é jovem, sem dúvida deve ter um coração excelente, sorte sua, mas uma congestão pode ser fulminante, *paf*, arrebenta até os mais robustos."

Estendeu-me o fósforo aceso.

"O senhor tem algum compromisso agora?"

Respondi que havia marcado às seis com os rapazes da família Lavezzoli. Tínhamos reservado para aquela hora a quadra de tênis atrás do Caffè Zanarini. É verdade que ainda faltavam uns vinte minutos para as seis, mas eu precisava passar em casa, trocar de roupa, pegar a raquete e as bolas. Enfim, temia não ser pontual.

"E tomara que Fanny não cisme de vir também!", acrescentei. "Mamãe não a deixaria sair antes de refazer suas tranças, e com isso eu perderia mais uns dez minutos, no mínimo."

Enquanto falava, eu o vi concentrado numa curiosa manobra. Tirou dos lábios o cigarro e depois o acendeu do lado oposto, onde ficava a marca. Então jogou fora o maço vazio.

Apenas naquele instante me dei conta de que o terreno diante de nós estava coalhado de bitucas de cigarro, mais de uma dúzia.

"Viu como eu fumo?", fez ele.

"Pois é."

Uma pergunta me atormentava: "E Deliliers?". Mas não fui capaz de fazê-la.

Fiquei de pé e lhe estendi a mão.

"Antes o senhor não fumava, se não me engano."

"Também estou tentando dar meu modesto contributo à difusão do... dos males de garganta", sorriu desolado. "Pensei que seria conveniente para mim."

Afastei-me alguns passos.

"O senhor disse a quadra de tênis perto do Zanarini, não?", falou alto atrás de mim. "Quem sabe mais tarde vou lá ver vocês jogarem."

Como se soube logo depois, nada de grave tinha ocorrido com Deliliers. Em resumo foi isto: em vez de ir à praia de Riccione, de uma hora para outra lhe veio a vontade de ir para a de Rimini, onde, na altura do Hôtel Vittoria, ele conhecia umas irmãs de Parma. Tinha pegado o carro e pronto, sumiu sem sequer se dar ao trabalho de deixar duas linhas para o companheiro de quarto. Regressara por volta das oito — contou a sra. Lavezzoli, que, acompanhada do marido, encontrava-se por acaso no hall do Grand Hôtel, bebendo um aperitivo. De repente eles avistaram "aquele Deliliers" atravessando o hall a passos largos, a cara sombria, com Fadigati quase às lágrimas em seus calcanhares.

Foi Deliliers quem se aproximou de mim naquela mesma noite, no terraço do Grand Hôtel.

Eu estava lá com meus pais e os Lavezzoli de sempre, advogado e esposa. Ainda cansado do tênis, não tinha vontade de dançar. Escutava em silêncio a sra. Lavezzoli, que, embora certamente não ignorasse quanto isso podia nos ferir, se pôs a discorrer com pretensa "objetividade" sobre a Alemanha de Hitler, afirmando que enfim era preciso decidir-se a reconhecer "sua inegável grandeza".

"Mas note, senhora, que *seu* Dollfuss parece ter sido liquidado precisamente por Hitler", falei com um sorriso.

Ela deu de ombros.

"E o que isso tem a ver?", bufou.

Assumiu a expressão satisfeita e indulgente da professora de escola disposta a justificar qualquer travessura do primeiro da turma.

"São infelizmente as exigências da política", continuou. "Vamos deixar de lado as simpatias ou antipatias pessoais. O fato é que, em determinadas circunstâncias, um Chefe de Estado, um autêntico Estadista digno desse nome, para o bem e em proveito do próprio Povo, também precisa saber passar por cima das delicadezas da gente comum... da gente miúda como nós."

E abriu um sorriso cheio de orgulho, em nítido contraste com essas últimas palavras.

Transtornado, meu pai abriu a boca para dizer algo. Porém, como de costume, a sra. Lavezzoli não lhe deu tempo. Com o ar de quem queria mudar de assunto, e dirigindo-se diretamente a ele, já tinha passado a expor o conteúdo de um "interessante" artigo publicado no último número da *Civiltà Cattolica*, assinado pelo famoso padre Gemelli.

O tema do artigo era a "antiquíssima e surrada *question juive*". Segundo o padre Gemelli — relatava a senhora —, as recorrentes perseguições de que os "israelitas" eram objeto em todo canto do mundo, há quase dois mil anos, só podiam ser explicadas como sinais da ira divina. E o artigo se encerrava com a seguinte pergunta: é legítimo que um cristão, mesmo que seu coração repugne, é claro, qualquer ideia de violência, faça um julgamento sobre eventos históricos por meio dos quais se expresse manifestamente a vontade de Deus?

A essa altura, levantei-me da poltroninha de vime e, sem tanta cerimônia, sumi dali.

Eu estava com as costas apoiadas no batente da grande vidraça que separava o salão de jantar do terraço, e a orquestra tinha começado a tocar, se não me engano, *Blue Moon*.

Mas tu... pálida lua, por que...
estás tão triste, o que foi...

cantava a habitual voz insossa. De repente, senti dois dedos batendo duramente em meu ombro.

"Oi", fez Deliliers.

Era a primeira vez que ele me dirigia a palavra em Riccione.

"Oi", respondi. "Como vai?"

"Hoje, um pouco melhor", disse com ar cúmplice. "E o que você tem feito?"

"Leio... estudo...", menti. "Preciso prestar dois exames em outubro."

"Ah, sim!", suspirou Deliliers, correndo pensativo o mindinho entre os cabelos lustrosos de brilhantina.

Mas não lhe importava nada. Num instante seu rosto mudou de expressão. Com voz baixa e um ar de quem estivesse me confidenciando um segredo importante, olhando de vez em quando para trás como se temesse ser surpreendido, me contou em poucas frases sobre seu banho de mar em Rimini e sobre as duas garotas de Parma.

"Por que você não vem comigo amanhã de manhã, de carro? Vou voltar lá. Venha, vamos, me ajude! Não posso circular com duas garotas de uma vez só. E pare de estudar!"

Fadigati apareceu ao fundo do salão, de smoking. Apertando os olhos míopes por trás das lentes, olhava ao redor. Onde estava a jaqueta branca de Deliliers? Criada especialmente para *Blue Moon*, a penumbra lunar do ambiente o impedia de enxergar direito.

"Ah", falei, "não sei se vou poder."

"Te espero no hotel."

"Vou tentar ir. A que hora saímos?"

"Às nove e meia. Combinado?"

"Combinado, mas sem compromisso."

Acenei com o queixo para Fadigati.

"Estão te procurando."

"Então tudo certo, hein?", fez Deliliers, girando sobre os tacos do sapato e se dirigindo ao amigo, concentrado em polir febrilmente os óculos com o lenço.

E logo em seguida o ronco inconfundível do Alfa Romeo subiu da praceta embaixo, avisando a todo o hotel que os dois "noivinhos", talvez para festejar da maneira mais digna a reconciliação, tinham decidido conceder-se uma noitada excepcional.

II

Na manhã do dia seguinte — devo admitir —, fiquei tentado por alguns minutos a ir até Rimini com Deliliers.

O que mais me atraía era o passeio de carro ao longo da estrada litorânea. Mas e depois? — comecei a me perguntar quase no mesmo instante. Aquelas irmãs de Parma, que tipo elas eram de fato? Tratava-se de garotas que a gente pudesse levar direto para o bosque de pinhos (como era fácil), ou de duas senhoritas de boa família, que precisaríamos entreter na praia sob os olhares vigilantes de outra sra. Lavezzoli? Em ambos os casos (conquanto não fosse nada impossível uma alternativa intermediária...), não me considerava bastante amigo de Deliliers a ponto de aceitar seu convite de peito aberto. Estranho. Deliliers nunca me demonstrara nem grande simpatia nem verdadeira consideração, e agora no entanto me pedia, quase me suplicava, que o acompanhasse com duas mulheres. Realmente estranho. Não estaria querendo acima de tudo que as pessoas soubessem, servindo-se de mim, que ele não estava com Fadigati por vício, mas apenas para bancar suas férias, e que de todo modo sempre preferia uma garota?

"*Va' là, patàca!*", imprequei à romanhola, já decidido a ficar.

E pouco mais tarde, já na praia, avistando de longe o doutor sob o guarda-sol, abandonado a uma solidão que de repente me pareceu imensa, irremediável, me senti intimamente recompensado pela renúncia. Eu pelo menos não o fizera de tolo.

Em vez de me juntar a quem o traía e explorava, tinha sabido resistir, manter um mínimo de respeito por ele.

Um segundo antes de chegar ao guarda-sol, Fadigati se virou. "Ah, é o senhor", disse, mas sem se surpreender. "Muito gentil da sua parte vir me fazer uma visita."

Tudo nele exprimia o cansaço e a dor de uma briga recente. Apesar das prováveis promessas da noite anterior, Deliliers tinha ido para Rimini do mesmo jeito.

Fechou o livro que estava lendo e o descansou num banco ali ao lado, meio à sombra e meio ao sol. Não era o romance policial, mas um livrinho fino, forrado por um velho papel florido.

"O que estava lendo?", perguntei, acenando ao livrinho. "Versos?"

"Pode olhar."

Era uma edição didática do primeiro canto da *Ilíada*, acompanhada de uma tradução interlinear.

"*Mènin aèide teà pelaiàdeo Achillèos*", recitou lentamente, com um sorriso amargo. "Eu o encontrei na mala."

Meu pai e minha mãe estavam chegando justamente naquele momento, mamãe trazendo Fanny pela mão. Levantei um braço para alertá-los de minha presença e lancei o assovio de família: a primeira linha de um *Lied* de Schubert.

Fadigati se virou, levantou metade do tronco da *chaise longue* e ergueu o panamá com deferência. Meus pais responderam juntos: minha mãe, inclinando a cabeça secamente, e meu pai, tocando com dois dedos a pala do boné de tecido branco, novo, reluzente. Entendi imediatamente que estavam desgostosos de me verem em companhia de Fadigati. Assim que me viu, Fanny se virou para perguntar alguma coisa à mãe, decerto a permissão para se juntar a mim. Mas minha mãe visivelmente a impediu.

"Como sua irmãzinha é graciosa", disse Fadigati. "Quantos anos ela tem?"

"Doze: exatamente oito anos a menos que eu", respondi embaraçado.

"Mas vocês, se não me falha a memória, são três irmãos."

"É verdade. Dois rapazes e uma moça: com quatro anos de distância entre um e outro. Ernesto, o do meio, está na Inglaterra..."

"Que rostinho inteligente!", suspirou Fadigati, continuando a olhar em direção a Fanny. "E como fica bem com aquela roupinha cor-de-rosa! É sempre uma grande sorte para uma menina ter irmãos já crescidos."

"É ainda muito criança", eu disse.

"Oh, é claro. Eu lhe daria no máximo uns dez anos. Mas isso não quer dizer muita coisa. As meninas se desenvolvem todas de uma vez... Vai ver que surpresa... Está no ginásio?"

"Sim, no terceiro ano."

Balançou a cabeça num gesto de melancólico lamento: como se medisse dentro de si todo o esforço e toda a dor que qualquer ser humano deve enfrentar para crescer, para amadurecer.

Mas já pensava em outra coisa.

"E os srs. Lavezzoli?", perguntou.

"Eh... Acho que hoje não os veremos antes do meio-dia. Por causa da missa."

"Ah, é verdade, hoje é domingo", disse estremecendo.

"Então, já que é assim", acrescentou depois de outra pausa, enquanto se punha de pé, "venha, vamos cumprimentar seus pais."

Caminhamos lado a lado na areia que já começava a queimar.

"Tenho a impressão", ele me falou enquanto andávamos, "tenho a impressão de que a sra. Lavezzoli não sente grandes simpatias por mim."

"Acho que não, não creio."

"De todo modo, é sempre melhor — penso — aproveitar quando ela não está."

Ausentes os Lavezzoli, meu pai e minha mãe não conseguiram perseverar em seu firme propósito de discrição. Especialmente meu pai, que em pouco tempo engrenou com o doutor um diálogo da maior cordialidade.

Soprava um vento leve de sudoeste, o *garbino*. Embora o sol ainda não tivesse atingido o zênite, o mar, totalmente desimpedido de velas, se mostrava já escuro: uma manta compacta, cor de chumbo. Talvez porque ainda capturado pela leitura do primeiro canto da *Ilíada*, Fadigati falava do sentimento da natureza nos gregos e do significado que, segundo ele, era preciso atribuir a adjetivos como "purpúreo" e "violáceo", aplicados por Homero à água do oceano. Meu pai por sua vez falou de Horácio, e então das *Odes bárbaras*, as quais representavam, em polêmica quase cotidiana comigo, seu ideal supremo no campo da poesia moderna. Enfim, conversavam entre si tão bem afinados (o fato de que Deliliers não apareceria a qualquer momento, vindo de lá das cabines, evidentemente fazia bem ao equilíbrio nervoso do doutor) que, quando a família Lavezzoli, recém-saída da missa, chegou inteira por volta do meio-dia, Fadigati foi capaz de suportar com desenvoltura as inevitáveis flechadas da sra. Lavezzoli, e até de rebater algumas delas não sem eficácia.

Não veríamos mais Deliliers na praia: nem naquele dia nem nos seguintes. Nunca voltava de suas incursões automobilísticas antes das duas da madrugada, e Fadigati, abandonado a si mesmo, buscava nossa companhia sempre com maior assiduidade.

Então foi assim que, além de frequentar nossa barraca nas horas matutinas (no fundo, meu pai nem estava acreditando que podia discutir com ele sobre música, literatura, arte, em vez de política com a sra. Lavezzoli), adquiriu o hábito de, às tardes, quando sabia que os jovens Lavezzoli e eu iríamos jogar tênis, ir nos ver na quadra atrás do Caffè Zanarini.

Nossas fracas partidas a quatro, uma dupla masculina contra uma mista, não eram nada entusiasmantes. Se eu me virava mediocremente, Franco e Gilberto Lavezzoli mal sabiam empunhar a raquete. Quanto a Cristina, a loura, rosada e delicada irmã de quinze anos (acabara de sair de um colégio de freiras florentino, e toda a família a levava na palma da mão), como jogadora valia ainda menos que os irmãos. Deixara crescer em torno da cabeça uma pequena coroa de cabelos que o próprio Fadigati certa vez, com admiração paternal, tinha definido como a de "um anjo musicista de Melozzo". Para não descompor um só cachinho, ela teria renunciado até a caminhar. Imagine então se aplicar no estilo do *drive* ou fazer passar um backhand!

Entretanto, mesmo que nosso jogo se mostrasse tão pobre e tedioso, Fadigati parecia apreciá-lo muitíssimo. "Boa bola!", "Fora por um dedo!", "Que pena!": era pródigo em elogios a todos, com comentários — muitas vezes fora de propósito — sempre prontos para cada lance.

Às vezes, contudo, a troca de bolas esmorecia demais.

"Por que vocês não tentam uma partida?", propunha.

"Não, por favor!", Cristina logo se esquivava, enrubescendo. "Se não consigo nem acertar uma bola!"

Ele não lhe dava ouvidos.

"Vontade e dedicação!", proclamava festivo. "O dr. Fadigati premiará a dupla vencedora com duas maravilhosas garrafas de laranjada San Pellegrino!"

Corria para a casinha do vigia, tirava lá de dentro uma cadeira de pelo menos dois metros de altura, bamba e carcomida de cupins, transportava-a com a força dos braços para um lado da quadra e, por fim, a escalava até lá em cima. O ar escurecia pouco a pouco; à contraluz, seu chapéu parecia circundado por uma auréola de mosquitinhos. Mas ele, empoleirado em suas pernas de pau como um grande pássaro, permanecia lá no alto, escandindo um após outro os pontos com voz metálica, tenaz, cumprindo até o fim sua missão de árbitro imparcial. Era óbvio: não sabia mais o que fazer, de que modo preencher o terrível vazio dos dias.

12

Como quase sempre ocorre no Adriático, nos primeiros dias de setembro a estação mudou de repente. Choveu apenas um dia, em 31 de agosto. Mas o bom tempo do dia seguinte não enganou ninguém. O mar estava inquieto e verde, de um verde vegetal; o céu, de uma transparência exagerada, de pedra preciosa. Na própria mornidão do ar se insinuara uma pequena e persistente ponta de frio.

O número de veranistas começou a diminuir. Na praia, as três ou quatro fileiras de barracas ou de guarda-sóis se reduziram em pouco tempo a duas, e depois, em seguida a mais um dia de chuva, a somente uma. Para além das cabines, já em grande parte desmontadas, as dunas, até poucos dias antes recobertas de um matinho ralo e tostado, surgiam agora salpicadas de uma quantidade incrível de esplêndidas flores amarelas, altas em suas hastes como lírios. Para se dar conta do exato sentido daquela floração, bastava conhecer um pouco o litoral da Romanha. O verão havia terminado: a partir daquele momento, seria apenas uma lembrança.

Aproveitei a temporada para retomar os estudos. Eu me preparava para prestar o exame de história antiga, pelo menos este, no outubro seguinte; por isso ficava trancado no quarto até por volta do meio-dia, repassando a matéria.

Fazia a mesma coisa durante as tardes, esperando a hora do tênis.

Um dia, depois do almoço, enquanto eu estava justamente estudando (naquela manhã, não tinha sequer chegado perto da praia: assim que acordei, o fragor distante do mar me tirou na mesma hora qualquer vontade de dar um mergulho), escutei subindo lá do jardim a voz aguda da sra. Lavezzoli. Não pude distinguir suas palavras. Porém, pelo tom, entendi que ela estava indignada com alguma coisa.

"Ah, não... o escândalo de ontem à noite...", consegui captar.

De quem ela estava falando? Por que viera nos fazer uma visita? — perguntei-me irritado. E de pronto, instintivamente, pensei em Fadigati.

Resisti à tentação de descer à sala de jantar a fim de escutar atrás da porta que dava para o jardim e, quando apareci dali a uma hora, a sra. Lavezzoli não estava mais lá. Meu pai estava sentado debaixo do pinheiro de sempre, à sombra. Tão logo percebeu o rumor de meus passos no cascalho, baixou o jornal desdobrado sobre os joelhos.

Eu estava com roupa de tênis. Com uma mão, segurava a bicicleta pelo guidom; com a outra, a raquete. Mesmo assim, ele me perguntou:

"Aonde você vai?"

Dois verões antes, sempre em Riccione, quinze dias depois de ter passado nos exames finais antes da universidade, acabei na cama (tinha sido minha primeira vez!) de uma senhora milanesa de trinta anos, conhecida casual de minha mãe. Em dúvida se ficava orgulhoso ou preocupado com minha aventura, durante dois meses inteiros papai não perdeu de vista nenhum de meus movimentos. Bastava que eu me aprontasse para sair de casa, ou então me afastasse da barraca, que já sentia seus olhos em cima de mim.

E eis que reaparecia em seus olhos a mesma expressão daquele ano, entre tímida e indiscreta. Senti meu sangue subir à cabeça.

73

"Não está vendo?"

Ficou calado por um instante. Além de inquieto, parecia cansado. A visita da sra. Lavezzoli, evidentemente inesperada, o impedira de tirar o habitual cochilo da tarde.

"Acho que você não vai encontrar ninguém lá", falou. "Esteve aqui agora há pouco a sra. Lavezzoli. Veio avisar que hoje seus filhos não vão. Os dois rapazes precisam estudar, e Cristina sozinha não pode ir."

Virou a cabeça para o lado de Fanny, agachada ao fundo do jardim brincando com a boneca. De costas, com as pequenas escápulas salientes sob a camiseta, as trancinhas douradas pelo sol, parecia ainda mais frágil e imatura. Por fim, meu pai apontou a poltrona de vime à sua frente.

"Sente-se um momento", fez, e me sorriu vacilante.

Queria me dizer alguma coisa, é óbvio, mas estava incomodado. Fingi não ter ouvido.

"Ela foi muito gentil em se incomodar, mas vou mesmo assim", falei.

Virei as costas para ele e me encaminhei para o portão.

"Ernesto escreveu", disse ainda meu pai, elevando o tom da voz num lamento. "Não quer nem mesmo ler a carta de seu irmão?"

Eu me voltei da soleira do portão, e naquele instante Fanny ergueu a cabeça. Apesar da distância, colhi em seu olhar uma expressão clara de desaprovação.

"Mais tarde, quando voltar", respondi, e fui embora pedalando.

Cheguei à quadra. Fadigati estava lá. Em pé, ao lado da cadeira alta de árbitro que ficara ali desde a tarde anterior, olhava diante de si. E fumava.

Virou-se para mim.

"Ah, está sozinho!", falou. "E os outros?"

Encostei a bicicleta na rede metálica do alambrado e me aproximei.

"Hoje eles não vêm", respondi.

Deu um leve sorriso, com a boca torta. Tinha o lábio superior bastante inchado. Uma dupla rachadura atravessava a lente esquerda de seus belos óculos de ouro.

"Não entendo por que motivo", acrescentei. "Parece que Franco e Gilberto precisam estudar. Mas acho que é uma desculpa. De todo modo, espero..."

"Vou lhe dizer o motivo", me interrompeu Fadigati amargamente. "Com certeza foi por causa da história de ontem à noite."

"Qual história?"

"Não me venha cair das nuvens, por favor!", riu desesperado. "Tudo bem que hoje de manhã não o vi na praia. Mas será possível que mais tarde, quem sabe à mesa, seus pais não lhe tenham contado nada?"

Eu precisava convencê-lo do contrário. Eu tinha, sim — falei —, escutado a sra. Lavezzoli pronunciar a palavra "escândalo" — e expliquei como e quando —, mas não sabia de mais nada.

Então, deixando escapar um rápido e estranho esgar lateral, e depois contraindo as pálpebras como se tivesse sido atraído de repente por algo vago e distante atrás de meus ombros, começou a contar que na noite anterior, em pleno salão do Grand Hôtel, "diante de todos", ele teve uma "discussão" com Deliliers.

"Eu o censurava, mas em voz baixa, é claro, pela vida que ele vinha levando nos últimos tempos... sempre para lá e para cá... sempre passeando de carro... tanto que, pode-se dizer, eu quase não o encontrava mais. E sabe o que ele fez a certa altura? Levantou-se e, *pam*, soltou o maior soco bem na minha cara!"

Tocou o lábio inchado.

"Aqui, vê?"

"Está doendo?"

"Oh, não", fez, erguendo um ombro. "É verdade que na hora eu acabei de pernas para o ar, e que num primeiro momento não entendi mais nada. Mas um soco, no fundo, qual é a importância disso? E o escândalo também. O que acha que um escândalo pode importar em... em comparação com o resto?"

Calou-se. E eu também me calei, cheio de constrangimento. Pensava naquelas palavras: "em comparação com o resto". Era difícil ter de lidar com sua dolorosa imagem de amante vilipendiado, uma imagem que naquele momento, devo confessar, me causava menos piedade que asco.

Mas eu tinha entendido apenas a metade.

"Hoje, à uma da tarde, quando voltei para o hotel", ele continuou, "me aguardava a surpresa mais amarga. Olhe aqui o que encontrei no quarto."

Tirou do bolso do paletó um papelzinho amassado e o estendeu a mim.

"Leia, pode ler."

Havia pouco a ser lido, mas era o suficiente. No centro do papel, escritas a lápis e em maiúsculas, apenas duas linhas. Estas:

OBRIGADO E SAUDAÇÕES
DE ERALDO

Dobrei o papel em quatro e o devolvi a ele.

"Ele foi embora, sim... foi embora", suspirou. "Mas a infelicidade maior", acrescentou com um tremor no lábio inchado e na voz, "a infelicidade maior é que ele levou tudo de mim."

"Tudo?", exclamei.

"Sim. Além do carro, que aliás já era dele, o comprei para ele, pegou também tudo o que era meu, roupas, pijamas, gravatas, duas malas, um relógio de ouro, um talão de cheques, umas mil liras que eu guardava na mesa de cabeceira. Não se esqueceu de absolutamente nada. Nem mesmo do papel de carta timbrado, nem do pente e da escova de dentes!"

Concluiu com um grito estranho, quase exaltado. Como se, no fim das contas, a enumeração dos objetos furtados por Deliliers tivesse tido o efeito de transmutar seu desespero num sentimento mais forte de orgulho e prazer.

Estavam chegando umas pessoas: dois rapazes e duas garotas, todos de bicicleta.

"São quinze para as seis!", gritou alegremente uma das garotas, consultando o pequeno relógio de pulso. "A gente reservou a quadra para as seis, mas, já que ninguém está jogando, podemos entrar agora?"

Depois que saímos do alambrado, Fadigati e eu seguimos em silêncio pela estreita alameda de acácias-falsas, bloqueada ao fundo pelo muro vermelho do Zanarini. Lá embaixo, no pátio, viam-se garçons indo e vindo pela pista de dança de cimento, transportando cadeiras e mesas.

"E agora", perguntei, "o que o senhor pretende fazer?"

"Vou embora esta noite. Há um expresso que parte de Rimini às nove e chega a Ferrara cerca de meia-noite e meia. Espero que me tenha restado o suficiente para pagar a conta do hotel."

Parei um instante e o esquadrinhei. Ele estava em trajes urbanos, com chapéu de feltro e tudo. Eu mantinha os olhos fixos no chapéu de feltro. Quer dizer que não era verdade que Deliliers tinha levado absolutamente tudo — eu refletia —, quer dizer que ele exagerava um pouco.

"Por que não o denuncia?", sugeri friamente.

Ele também me observou com atenção.

"Denunciá-lo!", murmurou surpreso.

Em seus olhos relampejou de repente um brilho de sarcasmo.

"Denunciá-lo?", repetiu, e me olhava como se olha um estranho um tanto ridículo. "Mas lhe parece possível?"

13

Fomos embora de Riccione em 10 de outubro, numa tarde de sábado.

Em meados do mês anterior, o barômetro se fixara no tempo bom e estável. Dali em diante houve uma sucessão de dias esplêndidos, com céus sem uma nuvem sequer e o mar sempre muito calmo. Mas quem agora podia apreciar essas coisas? O que meu pai tanto temia infelizmente se confirmara ponto por ponto. Menos de uma semana após a partida de Fadigati, em todos os jornais italianos, inclusive o *Corriere Padano*, começara de chofre uma violenta campanha difamatória que, ao cabo de um ano, levaria à promulgação das leis raciais.

Lembro-me daqueles primeiros dias como de um pesadelo. Meu pai arrasado, saindo de manhã cedinho à procura de material impresso; os olhos de minha mãe, sempre inchados de lágrimas; Fanny, uma pobre menina, ainda sem entender nada, mas de algum modo já consciente; de minha parte, o gosto doloroso de me fechar num silêncio obstinado. Sempre solitário, tomado de intensa raiva e até de ódio, à simples ideia de me ver diante da sra. Lavezzoli assentada como num trono em sua *chaise longue*, de onde talvez tivesse de ouvi-la dissertar indiferente sobre cristianismo e judaísmo, quem sabe sobre a culpa que se deveria atribuir ou não aos "israelitas" pela crucificação de Jesus Cristo (em linhas gerais, a senhora se declarara imediatamente contrária à nova política do governo em relação a nós, entretanto até o papa — eu tinha agora a impressão de escutá-la —, num discurso do dia 29...), eu não dava mais as caras nem na praia. Já me era suficiente — e dava de sobra — ser obrigado a ouvir meu pai durante as refeições, o qual, numa inútil polêmica contra os artigos venenosos que lia continuamente nos jornais, insistia em enumerar os "méritos patrióticos" dos judeus italianos, todo eles, ou quase — não parava de repetir, arregalando os olhos azuis —, "excelentes fascistas" desde sempre. Seja como for, eu também estava desesperado. Concentrava meus esforços em seguir adiante na preparação de meu exame. Mas sobretudo fazia longos passeios de bicicleta pelas colinas distantes da costa. Certa vez, sem antes ter avisado a ninguém, pedalei até San Leo e Carpegna, ficando fora quase três dias no total — com o resultado de, na volta, encontrar meu pai e minha mãe aos prantos. Pensava sem trégua no retorno iminente a Ferrara. Pensava nisso com uma espécie de terror, um sentimento crescente de laceração interior.

No fim, recomeçou a chover, e foi preciso voltar.

Como sempre me acontecia toda vez que voltávamos das férias, logo depois da chegada eu não soube resistir ao desejo de dar um giro pela cidade. Peguei emprestada a bicicleta do porteiro do prédio, o velho Tubi, e antes mesmo de voltar a pôr os pés em meu quarto ou de telefonar para Vittorio Molon e Nino Bottecchiari, saí pedalando a esmo, sem uma meta precisa.

Terminei de noitinha na Muralha degli Angeli, onde havia passado tantas tardes da infância e adolescência; e em pouco tempo, seguindo pelo caminho no alto do bastião, cheguei à altura do cemitério israelita.

Então desci da bicicleta e me apoiei no tronco de uma árvore.

Olhava o campo que ficava embaixo, onde estavam enterrados nossos mortos. Entre as raras lápides, reduzidas pela distância, via perambular um homem e uma mulher, ambos de meia-idade; provavelmente dois forasteiros que pararam entre um trem e outro — dizia a mim mesmo — e tinham obtido do dr. Levi a permissão necessária para visitar o cemitério num sábado. Passavam pelos túmulos com cautela e distanciamento de visitantes, de estranhos. Mas eis que, olhando para eles e para a vasta paisagem urbana que se descortinava lá de cima em toda a sua amplitude, me senti de repente invadido por uma grande doçura, por uma paz e gratidão terníssimas. O sol, ao se pôr, transpassando uma escura coberta de nuvens baixas no horizonte, iluminava vivamente cada coisa: o cemitério judaico a meus pés, a abside e o campanário da igreja de San Cristoforo pouco mais além, e ao fundo, despontando sobre a extensão terrosa dos telhados, as longínquas construções monumentais do castelo Estense e da catedral. Aquilo me bastara para recuperar a antiga feição materna de minha cidade, reconquistá-la mais uma vez inteira para mim, para que aquele atroz sentimento de exclusão que me atormentara nos dias anteriores desmoronasse num instante. O futuro de perseguições e massacres que talvez nos aguardasse (desde menino, eu escutava seguidamente falarem de uma eventualidade desse tipo para nós, judeus, sempre possível) não me dava mais medo.

E depois, quem sabe? — repetia a mim mesmo, voltando para casa. Quem poderia ler o futuro?

Mas toda a minha esperança e ilusão duraram muito pouco.

Na manhã seguinte, enquanto eu passava sob o pórtico do Caffè della Borsa, na avenida Roma, alguém gritou meu nome.

Era Nino Bottecchiari. Estava sentado sozinho a uma mesa na calçada, e ao se levantar quase derrubou a xícara de expresso.

"Bem-vindo!", exclamou, caminhando ao meu encontro de braços abertos. "Desde quando não temos o prazer e a honra de fazermos companhia um ao outro?"

Tendo sabido que eu estava em Ferrara desde as cinco da tarde da véspera, queixou-se por não ter recebido uma ligação minha.

"Com certeza vai dizer que me telefonaria hoje mesmo, na hora do almoço", sorriu. "Negue, se for capaz!"

Eu estava de fato pensando em lhe fazer uma ligação justo quando ele me chamou. Mas por isso mesmo me calei, confuso.

"Venha, vamos, lhe ofereço um café!", acrescentou Nino, pegando-me pelo braço.

"Por que não vem comigo para casa?", propus.

"Tão cedo? Mas ainda não é nem meio-dia", replicou. "*Ach bazòrla*: não me diga que você pretende perder a saída da missa!"

Ele se adiantou a mim, abrindo caminho entre cadeiras e mesinhas. Entretanto, depois de alguns passos, parei de pronto. Tudo me incomodava, tudo me feria.

"E então?", fez Nino, que já tornara a se sentar.

"Preciso ir, me desculpe", murmurei, erguendo uma mão para me despedir.

"Espere!"

O grito dele, e a demorada manobra que foi obrigado a fazer para pagar a conta (o garçom Giovanni não tinha troco para uma nota de cinquenta: foi preciso que, arrastando os pés e resmungando, o velho fosse trocá-la na farmácia Barilari, ali ao lado), atraíram para Nino e para mim a atenção de quem estava no local. Senti-me observado com insistência por muitos olhares. Até entre os que estavam à volta de duas mesinhas contíguas, reservadas permanentemente aos esquadristas de primeira hora e ocupadas, naquele dia, além do costumeiro triunvirato Aretusi-Sturla-Bellistracci, pelo secretário federal Bolognesi e por Gino Cariani, secretário do GUF, a conversa cessou de repente. Depois de ter se virado para me espiar, Cariani, servil como sempre, inclinou-se para sussurrar algo no ouvido de Aretusi. Percebi Sciagura esboçar uma careta e assentir circunspecto.

Enquanto esperava Nino receber o troco, afastei-me uns poucos passos. O dia estava lindo, a avenida Roma parecia alegre e animada como nunca. Debaixo do pórtico, eu olhava inerte para o centro da via, onde dezenas de bicicletas, montadas na maioria por estudantes ginasiais, todas cintilantes ao sol em suas pinturas e seus cromados, circulava entre a multidão de domingo. Um lourinho de doze ou treze anos, ainda de calças curtas, passou velozmente numa Maino cinza de corrida. Ergueu alto o braço e gritou: "Ei!". Estremeci. Virei-me para ver quem era, mas ele já havia sumido atrás da esquina da Giovecca.

Nino por fim me alcançou.

"Desculpe", disse ansioso, "mas é preciso ter paciência com aquela lesma do Giovanni."

Prosseguimos em direção à catedral, caminhando um ao lado do outro pela calçada.

Como nos anos anteriores, fomos passar as férias em Moena, no Val di Fassa — Nino ia contando, referindo-se a si e à família. Campos, abetos, vacas, chocalhos: o mesmo de sempre, tanto que — e agora se arrependia disso — achara supérfluo me mandar de lá o sagrado cartão-postal. Enfim, no início foi um grande tédio. Mas a sorte foi que, no mês de agosto, eles hospedaram por quinze dias o tio Mauro, o ex-deputado socialista, que desde o primeiro momento de sua chegada, com seu caráter tão exuberante, botou toda a parentada para se mexer. Não ficava parado um segundo. O olho de águia sempre cravado nos picos. Se ele não lhe tivesse servido de acompanhante, quem o seguraria? Aquele lá seria bem capaz de ir passear pelas Dolomitas completamente só.

"Ah, o velho companheiro continua firme e forte, eu lhe garanto", continuou, e deu uma piscadela alusiva. "Que fibra!

Dava gosto de vê-lo subir pelas montanhas cantando 'Bandiera rossa' a plenos pulmões. Prometemos que ficaríamos amigos. Ele me garantiu que, logo depois de minha formatura, vai me contratar no seu escritório para que eu ganhe experiência..."

Tínhamos chegado diante da entrada principal do arcebispado.

"Vamos cortar por aqui", propôs Nino.

Foi o primeiro a entrar no adro fresco e escuro. Ao fundo, inteiramente ao sol, o jardim interno resplendia imóvel. O rumor da avenida Roma já estava distante: um fraco e confuso zumbido em que as campainhas das bicicletas mal se distinguiam.

Nino parou.

"A propósito", perguntou, "você ficou sabendo de Deliliers?"

Fui tomado de uma estranha sensação de culpa.

"Mas claro...", balbuciei absurdamente. "Eu o encontrei em Riccione no mês passado... Como não estávamos com o mesmo grupo na praia, só nos falamos umas duas ou três vezes..."

"Ah, não, tenha a santa paciência!", interrompeu-me Nino. "A notícia de que ele estava em Riccione em lua de mel com aquele pederasta ignóbil do dr. Fadigati chegou feito um raio até em Moena, é claro. Não, não, não é sobre isso que eu queria saber se você estava informado."

Então começou a me contar que, uma semana atrás, havia recebido uma carta de Deliliers simplesmente de Paris. Pena, não estava com ela agora. Mas queria que eu lesse: de fato valia a pena. Não saberia dizer se já tivera um documento de *sfattìsia* mais repugnante ou mais hilário nas mãos.

"Que nojo!", exclamou.

Passou a delongar-se com ênfase sobre a carta: sobre seu tom, e sobre os insultos com que todos nós, inclusive eu, ex--colegas de viagem para lá e para cá entre Ferrara e Bolonha, tínhamos sido agraciados em termos bastante pesados. Para dizer a verdade — esclareceu rindo —, mais que nos insultar, o grande canalha queria era zombar da gente. Éramos tratados como filhinhos de papai, provincianos, pequeno-burgueses...

"Lembra o que ele tinha planejado?", divagou. "Mais cedo ou mais tarde realizaria um certo lance, imagine qual, e depois disso se dedicaria exclusivamente ao boxe. Veja só. Enquanto isso, já deve ter se pendurado mais uma vez nas costas de outra bicha endinheirada, agora talvez de calibre internacional. Mas vai ficar nisso por tempo indeterminado, é óbvio, ou pelo menos até que tiver chupado tudo até o fim. Boxe coisa nenhuma!"

Em seguida passou a falar da França, país que — disse —, se não fosse aquele completo desastre que era (infelizmente o fascismo tinha sobre a França um juízo irrepreensível, com o qual ele concordava em cheio), deveria proibir com rigor a entrada em seu território de aventureiros daquela espécie.

"Quanto a nós, à Itália", concluiu, assumindo de súbito um ar quase sério, "sabe o que deveríamos fazer com gente assim? Aproveitar os plenos poderes do executivo, mandar todos eles ao paredão, e adeus. Mas por acaso temos na Itália uma sociedade?..."

Tinha terminado.

"Estupendo", proferi, calmo. "Suponho que agora me tratará como um judeu imundo."

Hesitou em responder. Na penumbra do adro o vi corar.

"Vamos embora", fez, voltando a me pegar pelo braço. "A missa já deve ter acabado."

E me arrastou meio à força para a saída secundária do arcebispado — aquela que, justo na esquina com a Via Gorgadello, dá para a Piazza Cattedrale.

14

A missa do meio-dia estava prestes a se encerrar. Uma pequena multidão de rapazes, garotos e desocupados se demorava como sempre diante do átrio.

Eu os observava. Até poucos meses antes, nunca havia perdido as saídas dominicais das doze e meia da igreja San Carlo ou da catedral, e também hoje, no fim das contas — eu pensava —, não a perderia. Mas isso seria o bastante? Hoje era diferente. Não me enxergava mais lá, misturado aos outros, confundido em meio a tanta gente na expectativa de sempre, entre zombeteira e ansiosa. Encostado ao portão do Palazzo Arcivescovile, confinado num canto da praça (a presença de Nino Bottecchiari a meu lado aumentava um pouco minha amargura), me sentia excluído, irremediavelmente um intruso.

Naquele instante, ressoou o grito rouco de um vendedor de jornais.

Era Cenzo, um quase deficiente de idade indefinível, estrábico, meio manco, sempre circulando pelas calçadas com um grosso fardo de jornais debaixo do braço, tratado habitualmente por toda a cidade, e às vezes até por mim, com tapinhas nas costas bonachões, insultos afetuosos, sarcásticas perguntas sobre as previsões quanto ao destino iminente da SPAL etc.

Arrastando as pesadas solas duplas pelo piso, Cenzo se dirigia ao centro da praça segurando no alto, com a mão direita, um jornal aberto.

"Próximas medidas do Grande Conselho contra *i abrei*", berrava indiferente com a voz cavernosa.

E, enquanto Nino se calava todo constrangido, eu sentia com indizível repugnância nascer dentro de mim o antigo e atávico ódio do judeu contra tudo o que fosse cristão, católico, em suma, *gói*. *Gói, goim*: que vergonha, que humilhação, que asco se exprimir assim! No entanto eu já o fazia — dizia a mim mesmo —, tornando-me semelhante a qualquer judeu da Europa oriental que jamais tivesse vivido fora do próprio gueto. E também pensava em nosso próprio gueto, na Via Mazzini, na Via Vignatagliata, no beco Torcicoda. Num futuro bastante próximo, eles, os *goim*, nos obrigariam mais uma vez a nos amontoarmos ali, entre as estreitas e tortuosas vielas daquele mísero bairro medieval de onde, afinal de contas, só tínhamos saído nos últimos setenta, oitenta anos. Esmagados uns contra os outros atrás das cancelas como animais amedrontados, não sairíamos nunca mais dali.

"Fico incomodado de falar sobre isso", começou Nino sem sequer olhar para mim, "mas você não pode imaginar como o que está acontecendo me enche de tristeza. O tio Mauro está pessimista, não adianta esconder isso de você; por outro lado é natural, ele *sempre* desejou que as coisas piorassem o máximo possível. Mas eu não acredito. Apesar das aparências, realmente não acredito que a Itália tome o mesmo rumo da Alemanha em relação a vocês. Com certeza tudo vai acabar na bolha de sabão de sempre."

Eu deveria ficar agradecido por Nino ter puxado o assunto comigo. No fundo, o que mais ele podia dizer? Mas não. Enquanto ele falava, mal consegui mascarar a irritação que suas palavras me davam, sobretudo o tom decepcionado da voz. "Tudo vai acabar na bolha de sabão de sempre." Era possível ser mais tosco, mais insensível, mais obtusamente *goim* do que isso?

Então perguntei por que ele, ao contrário do tio, estava tão otimista.

"Oh, nós, italianos, somos muito bufões", replicou, sem demonstrar ter entendido minha ironia. "Podemos imitar qualquer coisa dos alemães, até o passo de ganso, mas não o sentimento trágico que eles têm da vida. Somos velhos demais, céticos e calejados demais."

Somente nessa altura, por meu silêncio, ele deve ter se dado conta da inconveniência, da inevitável ambiguidade de tudo o que vinha dizendo. De súbito, seu rosto mudou de expressão.

"E ainda bem, não acha?", exclamou numa alegria forçada. "No fim das contas, viva nossa milenar sabedoria latina!"

Estava seguro — prosseguiu — de que, entre nós, o antissemitismo jamais poderia assumir formas graves, *políticas*, e portanto alcançar seus objetivos. Para se convencer de que uma nítida separação entre o "elemento" judaico e o "assim chamado ariano" era na prática inviável em nosso país, bastaria simplesmente pensar em Ferrara, uma cidade que, "sob o perfil social", podia ser considerada bastante típica. Em Ferrara, os "israelitas" pertenciam todos, ou quase todos, à burguesia urbana, da qual aliás constituíam em certo sentido o núcleo, a espinha dorsal. O próprio fato de que a maior parte deles havia aderido ao fascismo — e não poucos, como eu bem sabia, desde a primeira hora — demonstrava sua perfeita solidariedade e integração com o ambiente. Era possível imaginar alguém mais israelita e ao mesmo tempo mais ferrarense que o advogado Geremia Tabet, só para citar o primeiro exemplo que lhe vinha à mente, o qual pertencia ao restrito grupo de pessoas (com Carlo Aretusi, Vezio Sturla, Osvaldo Bellistracci, o coronel Bolognesi e mais dois ou três) que fundaram em 1919 a primeira seção local dos Fascistas Combatentes? E quem mais "nosso" do que o velho dr. Corcos, Elias Corcos, o famoso clínico, tanto que, a rigor, poderia muito bem figurar em efígie no brasão municipal? E meu pai? E o advogado Lattes, o pai de Bruno? Não, não: examinando a lista telefônica, na qual os nomes dos judeus apareciam inevitavelmente acompanhados de qualificações profissionais e acadêmicas, médicos, advogados, engenheiros, proprietários de grandes e pequenas empresas comerciais, e assim por diante, era possível perceber num piscar de olhos a impossibilidade de efetivar em Ferrara uma política racial que tivesse qualquer pretensão de ser bem-sucedida. Uma política desse tipo só poderia "dar certo" caso famílias como os Finzi-Contini, com aquele seu particularíssimo gosto de se manterem segregados numa grande mansão aristocrática (ele mesmo, conquanto conhecesse muito bem Alberto Finzi-Contini, jamais conseguira ser convidado a jogar tênis na casa deles, naquela magnífica quadra de tênis privada!), fossem mais numerosas. Mas em Ferrara os Finzi-Contini representavam justamente uma exceção. De resto, eles também não desempenhavam uma ineliminável "função histórica" apesar de viverem isolados, uma vez que se tornaram proprietários do palácio da avenida Ercole I e das terras de alguma antiga família da aristocracia ferrarense hoje extinta?

Disse tudo isso, e mais coisas de que não me lembro. Enquanto falava, eu também desviava os olhos dele. O céu sobre a praça estava cheio de luz. Para acompanhar os voos dos pombos que de vez em quando o atravessavam, eu era obrigado a semicerrar os olhos.

De repente, ele me tocou uma mão.

"Eu precisaria de um conselho seu", disse. "Um conselho de amigo."

"Pode dizer."

"Posso contar com sua máxima sinceridade?"

"Claro."

Então eu precisava saber — começou, baixando o tom de voz — que uns dois dias antes aquele "réptil" do Gino Cariani se aproximara dele e, sem muitos preâmbulos, lhe propusera assumir o cargo de adido cultural. Ali, no momento, ele não aceitou nem recusou o convite. Apenas pediu um pouco de tempo para pensar no assunto. Mas agora tinha de tomar uma decisão. Hoje mesmo de manhã, no café, pouco antes de eu chegar, Cariani tornara a insistir.

"O que eu devo fazer?", perguntou então, depois de uma pausa.

Contraí os lábios, perplexo. Mas ele já tinha voltado a discorrer.

"Pertenço a um clã familiar que tem as tradições que você conhece", disse. "Pois bem, pode estar certo de que, quando meu pai viesse a saber que não aceitei a proposta de Cariani, ele arrancaria os cabelos, era isso o que ele iria fazer. E acha por acaso que o tio Mauro teria uma reação muito diferente? Bastaria que papai lhe pedisse que tivesse uma conversa comigo, e ele prontamente lhe faria todas as vontades, se mais não fosse para se livrar logo da pecha de proselitismo. Já estou até vendo a cara dele quando tivesse de me convencer, todo afável, a voltar atrás na minha decisão. Já ouço até suas palavras: exortando-me a não me comportar como um menino, a refletir, porque na vida..."

Riu, cheio de desgosto.

"Olhe", acrescentou, "tenho tão pouco apreço pela natureza humana, e pelo caráter dos italianos em especial, que não poderia garantir sequer sobre mim mesmo. Vivemos num país, meu caro, em que de romano, de romano no sentido antigo, só restou a saudação com o braço erguido. De modo que também me pergunto: *à quoi bon*? No fim das contas, se eu recusasse..."

"Cometeria um grande erro", o interrompi calmamente.

Nino me perscrutou com uma sombra de desconfiança nos olhos.

"Está falando sério?"

"Claro que sim. Não vejo por que você não deveria aspirar a fazer carreira no Partido, ou por meio do Partido. Se eu estivesse em seu lugar... quero dizer, se eu estudasse jurisprudência como você... não hesitaria um minuto."

Tive o cuidado de não deixar transparecer nada do que eu sentia por dentro. Nino desanuviou a expressão do rosto. Acendeu um cigarro. Minha objetividade, meu desprendimento evidentemente o tocaram.

Disse então que me agradecia pelo conselho, soltando no ar uma primeira e volumosa baforada. Mas ainda não estava certo de que o seguiria, deixaria passar mais uns dias antes de se decidir. Primeiro queria ter clareza sobre as coisas e sobre si mesmo. Sem dúvida o fascismo estava em crise. Mas se tratava de uma crise *no* sistema ou *do* sistema? Certo, era preciso agir. Mas como? Era preciso tentar mudar as coisas *desde dentro* ou...?

Encerrou com um gesto vago da mão.

De todo modo, nos próximos dias — retomou — ele iria me visitar em casa. Eu era um homem de letras... um poeta — e sorriu, buscando mais uma vez adotar aquele tom entre afetuoso e protetor, de político, que frequentemente usava em relação a mim. Seja como for, ele queria muito reavaliar toda a questão junto comigo. Precisávamos nos telefonar, nos rever, manter o contato a qualquer custo... Enfim, reagir!

Suspirou.

"Aliás", perguntou de repente, franzindo o cenho. "Quando vai ser seu primeiro exame em Bolonha? Puxa, temos de pensar logo na renovação do passe ferroviário..."

15

Reencontrei Fadigati.

Foi andando na rua, de noite: uma noite úmida e enevoada do novembro seguinte, em meados do mês. Após sair do prostíbulo da Via Bomporto com as roupas impregnadas daquele cheiro habitual, fiquei por ali algum tempo, em frente à soleira, sem me decidir a voltar para casa e com vontade de ir até os bastiões mais próximos, para tomar um pouco de ar fresco.

O silêncio ao redor era perfeito. De dentro do estabelecimento, atrás de mim, vazava uma cansada conversa a três vozes, duas masculinas e uma feminina. Falavam de futebol. Os dois homens deploravam que a SPAL, um grande time nos anos do primeiro pós-guerra e um dos mais fortes da Itália do Norte (em 1923, não tinha vencido o campeonato da Primeira Divisão por um triz; para ganhar, bastaria ter empatado na última partida, jogando na casa do Pro Vercelli...), estivesse agora rebaixado na série C, e lutando todo ano para se manter nela. Ah, os anos do meia-direita Condorelli, dos dois Banfi, Beppe e Ilario, do grande Baùsi, aqueles sim é que foram bons tempos! A mulher intervinha raramente. Dizia, por exemplo: "Vamos lá, que vocês de Ferrara gostam muito de fazer amor". Ou então: "O que acaba com vocês, ferrarenses, não é tanto o *rala-rala*, mas ficar de conversa mole!". Os dois a deixavam falar e depois retomavam o mesmo assunto. Deviam ser clientes antigos, de seus quarenta e cinco, cinquenta anos: velhos fumantes. Obviamente a prostituta não era de Ferrara. Vêneta, talvez das bandas do Friul.

Devagar, tropeçando nas pedras pontiagudas do beco, um passo pesado se aproximava.

"Pode-se saber o que é que você quer? Está com fome, hein!"

Era Fadigati. Antes mesmo de conseguir enxergá-lo no denso nevoeiro, eu o reconheci pela voz.

"Sua estúpida, sua porquinha de meia-tigela! Não tenho nada para lhe dar, você sabe muito bem!"

Com quem estava falando? E por que aquele tom queixoso, cheio de uma ternura amaneirada?

Por fim apareceu. Aureolada pela luz amarela do único poste da rua, sua larga figura se perfilou em meio aos vapores. Avançava devagar, um pouco inclinado de lado e sempre falando: falando a um cachorro, como logo me dei conta.

Parou a poucos metros de distância.

"E então, quer me deixar em paz de uma vez?"

Cravava os olhos no bicho, erguendo o indicador em gesto de ameaça. E o animal, uma cadela vira-lata de porte mediano, branca com manchas marrons, lhe retribuía de baixo, abanando o rabo desesperada, um olhar úmido, trepidante. Ao mesmo tempo, arrastava-se sobre as pedras rumo aos sapatos do doutor. A qualquer momento viraria de borco, pondo a barriga e as patas para o ar, completamente à sua mercê.

"Boa noite."

Tirou os olhos do cachorro e me olhou.

"Como vai?", disse ao me reconhecer. "Tudo bem?"

Apertamos as mãos. Estávamos um diante do outro, em frente ao portão fechado do bordel. Como tinha envelhecido, meu Deus! As bochechas caídas, embaçadas por uma barba áspera e grisalha, o faziam parecer um homem de sessenta anos. Além disso, pelas pálpebras vermelhas e remelentas se via que estava cansado, que dormia pouco. No entanto, o olhar atrás das lentes ainda estava vivo, alerta...

"O senhor também emagreceu, sabia?", falava. "Mas lhe cai bem, torna-o bem mais viril. Veja, certas vezes na vida bastam poucos meses. Às vezes poucos meses contam mais do que anos inteiros."

A porta fechada se abriu, e quatro ou cinco rapazes saíram: tipos do subúrbio, talvez até da zona rural. Pararam em círculo para acender um cigarro. Um deles se apoiou no muro, ao lado da entrada, e começou a urinar. Enquanto isso, todos, inclusive este último, nos espreitavam com insistência.

Passando sob as pernas abertas do rapaz parado em frente ao muro, um pequeno riacho serpenteante avançou rapidamente rumo ao centro do beco. A cadela foi atraída por aquilo. Com cautela, aproximou-se para farejar.

"É melhor irmos embora", sussurrou Fadigati com um leve tremor na voz.

Nós nos afastamos em silêncio, enquanto às nossas costas o beco ressoava de gritos obscenos e gargalhadas. Por um instante, temi que o pequeno bando viesse atrás de nós. Mas por sorte lá estava a Via Ripagrande, onde a névoa parecia ainda mais cerrada. Bastou atravessar a rua, subir a calçada oposta, e logo tive a certeza de que havíamos apagado nossos rastros.

Caminhamos lado a lado com o passo mais lento, em direção ao Montagnone. Os sinos já tinham tocado a meia-noite fazia um tempo, e não se via ninguém pelas ruas. Filas e filas de venezianas fechadas e cegas, portas trancadas e, a intervalos, as luzes quase submersas dos lampiões.

Tinha ficado tão tarde que talvez só tivéssemos sobrado nós dois, Fadigati e eu, vagando naquela hora pela cidade. Ele me falava aflito, em surdina. Contava-me suas desgraças. Tinha sido exonerado do hospital sob um pretexto qualquer. Agora, no consultório de Via Gorgadello, havia tardes inteiras em que não se apresentava um paciente sequer. Tudo bem, ele não tinha ninguém no mundo com que se preocupar... ninguém para sustentar...; do ponto de vista financeiro, ainda não pressentia dificuldades imediatas... Mas era possível continuar vivendo indefinidamente assim, na solidão mais absoluta, circundado pela hostilidade geral? Em todo caso, logo chegaria o momento em que ele precisaria dispensar a enfermeira, limitar-se a um consultório menor, começar a vender os quadros. De modo que era melhor ir embora já, tentar se mudar para outra cidade.

"Por que não faz isso?".

"O senhor tem razão", suspirou. "Mas na minha idade... De resto, mesmo que eu tivesse a coragem e a força de dar um passo desse tipo, acha que adiantaria alguma coisa?"

Quando chegamos ao Montagnone, ouvimos atrás de nós um leve trote e nos viramos. Era a cadela vira-lata de pouco antes, que nos alcançava ofegante.

Parou, feliz por nos ter rastreado com o faro em meio àquele mar de névoa. E, jogando para atrás do pescoço as orelhas compridas e ternas, gemendo e abanando a cauda festiva, já renovava, sobretudo em homenagem a Fadigati, seus patéticos protestos de estima e devoção.

"É sua?", perguntei.

"Que nada. Topei com ela esta noite, lá para os lados do Aqueduto. Fiz-lhe um carinho, mas ela me levou muito a sério, que diacho! De lá para cá, não consegui mais me livrar dela."

Notei que estava com as tetas cheias e pendentes, inchadas de leite.

"Ela tem filhotes, já notou?"

"É verdade!", exclamou Fadigati. "É verdade mesmo!"

Então, dirigindo-se à cadela:

"Sua malandra! Onde é que deixou seus pequenos? Não tem vergonha de andar pelas ruas a uma hora dessas? Mãe desnaturada!"

De novo a cadela esparramou o ventre no chão a poucos centímetros dos pés de Fadigati. "Bata em mim, pode me matar, se quiser!", parecia querer dizer. "É justo, e aliás eu gosto!"

O doutor se inclinou para lhe acariciar a cabeça. Tomado por um acesso de autêntica paixão, o animal não parava mais de lhe lamber a mão. Tentou até alcançar seu rosto com um beijo fulminante e sorrateiro.

"Calma, calminha...", repetia Fadigati com cuidado.

Sempre seguidos ou precedidos pela cadela, enfim retomamos nosso passeio. Já estávamos nos aproximando de minha casa. Quando ia à nossa frente, a cadela se detinha a cada cruzamento, como temerosa de nos perder outra vez.

"Olhe para ela", ia dizendo Fadigati, apontando-a para mim. "Talvez fosse necessário ser assim, saber aceitar a própria natureza. Mas, por outro lado, como fazer? É possível pagar um preço tão alto? No homem há muito do animal; entretanto, o homem pode se render? Admitir que é um animal, e apenas um animal?"

Explodi numa grande risada.

"Oh, não", falei. "Seria como dizer: pode um italiano, um cidadão italiano, admitir que é um judeu, e apenas um judeu?"

Olhou-me humilhado.

"Compreendo o que quer dizer", disse depois. "Nesses dias, acredite em mim, pensei muitas vezes no senhor e nos seus. Porém, permita-me dizer, se eu fosse o senhor..."

"O que eu deveria fazer?", interrompi-o com ímpeto. "Aceitar ser aquilo que sou? Ou melhor, adaptar-me a ser aquilo que os outros querem que eu seja?"

"Não sei por que não deveria", rebateu mansamente. "Caro amigo, se ser aquilo que é o torna tão mais humano (do contrário, não se encontraria aqui, em minha companhia!), por que recusa, por que se rebela? Meu caso é diferente, o oposto exato do seu. Depois do que aconteceu no verão passado, não consigo mais me tolerar. Não posso mais, não devo. Acredita que certas vezes não suporto nem fazer a barba diante do espelho? Se eu pudesse ao menos me vestir de outra maneira! Entretanto o senhor consegue me ver sem este chapéu… este casaco… estes óculos de um sujeito de bem? Por outro lado, vestido assim eu me sinto tão ridículo, grotesco, absurdo! Eh, não, *inde redire negant*,* é bem o caso de dizer. Ouça, não há mais nada a fazer por mim!"

Calou-se. Eu pensava em Deliliers e em Fadigati, um o carrasco; o outro a vítima. A vítima como sempre perdoava, aquiescia ao carrasco. Mas eu não, quanto a mim Fadigati se enganava. Ao ódio eu nunca seria capaz de responder senão com o ódio.

Assim que chegamos em frente ao portão de casa, tirei as chaves do bolso e abri. A cadela meteu a cabeça na passagem, como se quisesse entrar.

"Vá!", gritei. "Vá embora!"

O bicho gemeu de pavor, refugiando-se no mesmo instante entre as pernas de seu amigo.

"Boa noite", falei. "Está tarde, preciso mesmo subir."

Retribuiu meu aperto de mão de modo muito efusivo.

"Boa noite… Fique bem… E tudo de bom também para sua família", repetiu várias vezes.

---

* Em latim, "dizem que não se volta de lá", provável alusão ao verso de Catulo *"unde negant redire quemquam"* [de onde dizem que ninguém retorna], do poema "A morte do pardal".

Cruzei a soleira. Mas como ele, sempre sorrindo e de braço erguido em sinal de despedida, não se decidia a sair dali (sentada na calçada, a cadela também me olhava de baixo para cima, com ar interrogativo), comecei a fechar o portão.

"Telefona para mim?", perguntei rapidamente, antes de trancar a porta.

"Ora", fez ele, sorrindo um tanto misterioso através da última fresta. "Quem viver, verá."

16

Ligou dali a dez dias, justo na hora do almoço. Estávamos nos sentando à mesa. Como ainda estava de pé, foi minha mãe quem atendeu.

Espichou quase de imediato a cabeça pela porta entreaberta do compartimento do telefone e me procurou com o olhar.

"É para você", disse.

"Quem é?"

Veio em frente, dando de ombros.

"Um senhor... Não consegui entender o nome."

Distraída, eternamente sonhadora e pouco prática, nunca foi muito boa em lidar com esse tipo de caso, menos ainda desde que voltamos das férias na praia.

"Era só perguntar", respondi irritado. "Custa tão pouco!"

Levantei-me, bufando. Mas uma secreta palpitação já me alertava sobre quem poderia ser.

"Quem fala?"

"Alô... Sou eu, Fadigati", disse. "Perdão por estar incomodando. Já estavam à mesa?"

Fiquei surpreso com sua voz. Soava mais aguda no aparelho. Até o sotaque vêneto se mostrava mais acentuado.

"Não, não... Aguarde só um momento, por favor."

Reabri a porta, pus a cabeça para fora e, sem revelar quem estava ao telefone, tentando sorrir, acenei à minha mãe para que cobrisse meu prato. Fanny foi rápida em alertá-la. Surpreso e imediatamente enciumado, meu pai cravou os olhos em mim. Ergueu o queixo como se perguntasse: "O que está acontecendo?". Mas eu já tinha voltado a me fechar no vestíbulo.

"Pode falar."

"Ah, não é nada", riu o doutor do outro lado da linha. "O senhor me disse para telefonar, e então... Eu o incomodei, seja sincero!"

"Não, não, ao contrário", protestei. "É um prazer. Quer que nos encontremos?"

Tive uma ligeira hesitação (que com certeza não lhe passou despercebida); depois acrescentei: "Ouça, por que não vem nos visitar? Acho que papai ficaria contentíssimo de vê-lo. Aceita?".

"Não, obrigado... O senhor é muito gentil... o senhor, sim, que é gentil! Não... quem sabe mais tarde, com muito prazer... sempre que... É verdade, com muito prazer!"

Eu não sabia mais o que falar. Depois de uma pausa bastante longa, durante a qual não pude ouvir no aparelho senão sua pesada respiração de cardíaco, foi ele quem retomou a conversa.

"A propósito, o cachorro me acompanhou até minha casa, sabia?"

Num primeiro momento, não compreendi.

"Que cachorro?"

"Sim, a cadela da outra noite... a mãe desnaturada!", riu ele.

"Ah, claro... a cadela vira-lata."

"Não só me acompanhou até em casa", continuou, "mas, quando chegamos aqui, na Via Gorgadello, em frente ao portão da rua, não houve o que fazer, ela quis subir de qualquer jeito. Estava com fome, coitada! Raspei na despensa um resto de salame, pão dormido, umas crostas de queijo... O senhor precisava ver com que apetite ela devorou tudo! Mas espere, ainda não terminei. Depois, imagine só, tive de levá-la para o quarto."

"Como? Ela subiu na sua cama?"

"Ah, faltou pouco para isso… Nos ajeitamos assim: eu na cama e ela no piso, num canto do quarto. De vez em quando ela acordava, começava a choramingar com um fio de voz e se punha a arranhar a porta. 'Deita lá!', eu lhe gritava no escuro. Por um momento ela ficava boazinha e tranquila, uns quinze minutos, meia hora. Mas depois recomeçava. Uma noite dos infernos, lhe garanto!"

"Se ela queria ir embora, por que não a deixou sair?"

"Pois é, a preguiça. Não queria me levantar, acompanhá-la até embaixo… sabe como é. Mas assim que o dia clareou, apressei-me em contentá-la. Me vesti e a acompanhei até a saída. Sim… dessa vez fui eu quem a acompanhou. Pensei que ela poderia não saber como reencontrar o caminho de casa."

"O senhor tinha topado com ela nas bandas do Aqueduto, se não me engano."

"Exato. Escute só. Bem ao fundo da Via Garibaldi, na esquina da Garibaldi com a Spianata, a certa altura ouço uma voz gritar: 'Vampa!'. Era um garoto de padaria, um rapazote moreno, de bicicleta. A cadela imediatamente se lançou sobre ele, e não lhe digo mais nada, quantos abraços e beijos! Enfim, uma grande alegria recíproca. E então partiram juntos, ele na bicicleta e ela atrás."

"Está vendo como são as mulheres?", brinquei.

"Ah, um pouco é verdade!", suspirou. "Ela já ia longe, estavam quase para dobrar na Via Piangipane, quando se virou para me olhar, acredita? Como se dissesse: 'Desculpe-me se o abandono, velho senhor, mas preciso mesmo ir embora com este rapaz aqui, tenha paciência!'"

Riu sozinho, nem um pouco amargurado.

"Mas o senhor consegue adivinhar", acrescentou, "por que motivo ela queria sair durante a noite?"

"Não me diga que ficou acordada pensando nos filhotes."

"Mas foi isso mesmo, veja, justamente por pensar nos filhotes! Quer uma prova? Em meu quarto, no canto que reservei para ela, achei mais tarde uma grande poça de leite. Durante a madrugada, teve o chamado vazamento de leite: era por isso que não conseguia sossegar e se lamentava. Os espasmos que deve ter sentido, somente ela para saber, pobre animal!"

E continuou falando: da cadela, dos animais em geral e de seus sentimentos, que são tão semelhantes aos dos homens — disse —, se bem que "talvez" mais simples, mais diretamente submetidos ao império da lei natural. Quanto a mim, eu já estava pisando em ovos. Temendo que meu pai e minha mãe, certamente de orelhas em pé, entendessem com quem eu estava conversando, me limitava a responder em monossílabos. Desse modo, também tinha a esperança de induzi-lo a abreviar sua fala. Mas nada. Ele parecia não conseguir desgrudar do aparelho.

Era uma quinta-feira. Combinamos de nos ver no sábado seguinte. Ele me telefonaria logo depois do almoço. Se o tempo estivesse bom, pegaríamos um trem e iríamos até Pontelagoscuro ver o Pó. Depois das últimas chuvas, o nível do rio devia estar bem próximo da linha de alerta. Imagine o espetáculo!

Então, finalmente se despedindo:

"Adeus, caro amigo... fique bem", repetiu várias vezes, comovido. "Boa sorte ao senhor e aos seus queridos."

17

Choveu durante todo o sábado e o domingo. Até por esse motivo, quem sabe, me esqueci da promessa de Fadigati. Não me telefonou, nem eu telefonei a ele: mas por puro esquecimento, repito, não de caso pensado. Chovia sem um instante de trégua. De meu quarto, olhava através da janela as árvores do jardim. A chuva torrencial parecia encarniçar-se especialmente contra o choupo, os dois olmos e o castanheiro, dos quais pouco a pouco ia arrancando as últimas folhas. Apenas a negra magnólia, ao centro, intacta e incrivelmente encharcada, gozava de modo evidente das cascatas de água que a atingiam.

Domingo de manhã repassei com Fanny sua matéria de latim. Ela já tinha recomeçado as aulas, mas sofria com a sintaxe. Mostrou-me uma tradução do italiano repleta de erros. Não conseguia entender, e fiquei furioso.

"Você é uma idiota!"

Ela se derramou em lágrimas. Desfeito o bronzeado da praia, a pele de seu rosto voltara a ser pálida, quase diáfana, tanto que o azul das veias transparecia em suas têmporas. Os cabelos lisos lhe caíam sem graciosidade sobre os ombrinhos trêmulos.

Então a abracei e beijei.

"Pode-se saber por que você está chorando?"

E lhe prometi que, depois do almoço, a levaria ao cinema. No entanto, saí sozinho. Entrei no Excelsior.

"Galeria?", perguntou do alto de seu púlpito a bilheteira, que me conhecia.

Era uma mulher de idade indefinível, morena, cabelos cacheados e formas generosas, coberta de pó de arroz e maquiagem. Há quantos anos estava lá, preguiçosamente vigilante sob as pálpebras pesadas, grotesco ídolo burguês? Sempre a vi ali: desde quando, na infância, mamãe nos mandava ao cinema acompanhados da criada. Íamos quase sempre nas tardes de quarta-feira, porque na quinta não havia escola; e toda vez subíamos para a galeria.

A mão gorda, branca, de unhas pintadas, me estendia o bilhete. Havia algo de muito seguro, quase imperioso, na placidez daquele gesto.

"Não, me dê um assento na plateia", respondi com frieza, não sem precisar vencer uma inesperada sensação de vergonha. E justo naquele instante me lembrei de Fadigati.

Apresentei o bilhete ao lanterninha, atravessei a sala e, não obstante o grande número de pessoas, achei logo onde me sentar.

Uma estranha inquietação me forçava a desviar constantemente os olhos da tela. De vez em quando, através da fumaça e do escuro, tinha a impressão de discernir seu chapéu, seu casaco, suas lentes cintilantes, e aguardava com ansiedade crescente o momento do intervalo. Mas depois, eis a luz. E então, sob a luz (depois de ter olhado ao redor, nas filas de assentos onde predominavam os uniformes verde-cinza, ou nos corredores laterais, rentes às pesadas cortinas dos portões de entrada, e até lá em cima, na galeria, lotada até o teto de garotos vindos da partida de futebol, de senhoras e senhoritas com chapéu e peliça, de oficiais do exército e da milícia, de senhores idosos e de meia-idade, todos mais ou menos cochilando), então, sob a luz, tive de reconhecer a cada vez que não se tratava dele, ele não estava ali. Não estava, não — dizia a mim mesmo, tentando me tranquilizar. Mas por que deveria estar? Afinal, em Ferrara havia pelo menos outros três cinemas. E não é verdade que ele sempre preferia ir ao cinema à noite, depois do jantar?

Quando saí, por volta das sete e meia, não chovia mais. Rompida em rasgos, a coberta de nuvens deixava entrever o céu estrelado. Um vento forte e quente havia rapidamente enxugado as calçadas.

Atravessei o Listone e segui pela Via Bersaglieri del Po. Da esquina da Gorgadello, olhei de esguelha para as cinco janelas do apartamento dele. Tudo fechado, tudo escuro. Tentei então telefonar do posto público da TIMO, ali perto, na Via Cairoli. Mas nada, silêncio, nenhuma resposta.

Dali a pouco, tornei a tentar de casa, e de novo da TIMO na manhã seguinte, segunda-feira: sempre com o mesmo resultado.

"Deve ter viajado", por fim concluí, saindo da cabine. "Quando voltar, com certeza vai dar sinal de vida."

Tomei a descida da Via Savonarola na paz ensolarada da uma da tarde. Poucas pessoas esparsas ao longo das calçadas; das janelas abertas saíam musiquinhas de rádio e cheiro de comida. Ao caminhar, levantava de vez em quando os olhos ao alto, para o céu azul, perfeito, contra o qual se recortavam duramente os perfis das cornijas e das calhas. Ainda úmidos de chuva, os telhados em volta do largo da igreja de San Girolamo pareciam mais terrosos do que vermelhos, quase pretos.

Bem em frente à entrada da Maternidade, topei com Cenzo, o jornaleiro.

"Como vai a SPAL este ano?", perguntei a ele, parando para comprar o *Padano*. "Conseguimos subir para a série B?"

Talvez desconfiado de que eu zombasse dele, Cenzo me deu uma mirada de viés. Dobrou o jornal, estendeu-o a mim junto com o troco e seguiu adiante, anunciando as manchetes a plenos pulmões.

"Clamorosa derrota do Bolonha em Turimmmm! A SPAL sai invicta do campo de Carpiiii!"

Enquanto enfiava a chave na fechadura do portão de casa, ainda ouvia a voz dele ecoando distante pelas ruas desertas.

Lá em cima, encontrei mamãe toda alegre. Meu irmão Ernesto tinha telegrafado de Paris avisando que voltaria à Itália naquela mesma noite. Amanhã faria uma parada de meio dia em Milão. De todo modo, esperava estar em Ferrara na hora do jantar.

"E papai já soube?", perguntei, levemente incomodado com suas lágrimas de alegria, sem tirar os olhos da folha amarelada do telegrama.

"Não. Saiu às dez. Antes precisava passar na prefeitura, depois no banco, e o telegrama só chegou por volta das onze e meia. Imagine como vai ficar contente! Essa noite ele não conseguia dormir. Falava a cada instante: 'Se pelo menos Ernesto também estivesse em casa!'."

"Alguém telefonou para mim?"

"Não... ou melhor, sim, espere..."

Contraiu o rosto no esforço de recordar, enquanto olhava à direita e à esquerda; como se pudesse ler, escrito no piso ou nas paredes, o nome da pessoa que havia telefonado.

"Ah, sim... Nino Bottecchiari", disse por fim.

"E ninguém mais?"

"Acho que não. Nino insistiu muito para que você ligasse de volta. Por que não o procura de vez em quando? Ele parece ser um bom amigo."

Sentamos à mesa só nós dois (Fanny não estava, uma colega de escola a convidara para almoçar). Mamãe falava de Ernesto. Já começava a se preocupar: será que se matricularia em direito ou em medicina? E se em vez disso optasse por engenharia? Fosse como fosse, o inglês, que ele já devia estar sabendo à perfeição, sem dúvida lhe seria muito útil para os estudos, e também para a vida...

Naquele dia, meu pai demorou mais do que o habitual. Quando chegou, já estávamos na sobremesa.

"Grandes notícias!", exclamou, escancarando a porta da copa. Arriou com todo o peso em sua cadeira soltando um "aah!" de satisfação. Estava cansado, pálido, mas radiante.

Olhou em direção à porta da cozinha para ter certeza de que Elisa, a cozinheira, não estivesse entrando naquele momento. Então, arregalando eufórico os olhos azuis, se espichou todo sobre a mesa com a evidente intenção de contar tudo.

Mas não conseguiu. Mamãe foi rápida e pôs o telegrama aberto debaixo de seu nariz.

"Nós também temos notícias importantes", disse, sorrindo orgulhosa. "O que me diz disso?"

"Ah... é do Ernesto", fez papai, distraído. "Quando ele chega? Finalmente se decidiu a voltar!"

"Como, quando chega?", gritou mamãe, ofendida. "Você não leu? Amanhã de noite, né?"

Arrancou-lhe o telegrama da mão. De cara amarrada, começou a dobrá-lo com cuidado.

"Nem parece que se trata de seu filho!", resmungou de olhos baixos, enquanto enfiava o telegrama de volta no bolso do avental.

Papai se virou, olhando para mim. Cheio de raiva, invocava meu testemunho e meu socorro. Mas eu me mantinha calado. Havia alguma coisa que me impedia de intervir, de conciliar aquele pequeno bate-boca infantil.

"Fale, estamos ouvindo", mamãe por fim condescendeu, mas com um ar de quem o fazia para agradar sobretudo a mim.

18

As novidades que papai tinha a nos comunicar eram as seguintes.

Meia hora antes, no Crédito Italiano, lhe acontecera de encontrar por acaso o advogado Geremia Tabet, o qual, como bem sabíamos, não apenas sempre esteve "por dentro das coisas secretas" da Casa do Fascismo de Ferrara, mas também gozava notoriamente da "amizade" e da estima de sua excelência Bocchini, o chefe de polícia.

Enquanto saíam juntos do Crédito, Tabet pegou papai pelo braço. Recentemente tinha estado em Roma a negócios — lhe confidenciara —, o que lhe dera a ocasião de "meter um pouco o nariz" para além da soleira do Viminale. Considerando os tempos e as circunstâncias, pensava que o secretário particular de sua excelência nem sequer anunciaria sua presença. No entanto, não. O oficial dr. Corazza logo o introduziu na grande sala em que o "patrão" trabalhava.

"Caro advogado!", exclamara Bocchini ao percebê-lo entrar.

Levantou-se, foi ao encontro dele até o centro do salão, apertou-lhe a mão calorosamente e o fez se acomodar numa poltrona. Depois disso, sem muitos rodeios, abordou a questão que circulava sobre as leis raciais.

"Pode ficar totalmente sossegado, Tabet", assim se expressara, "e induza o maior número possível dos seus correligionários à tranquilidade e à confiança. Na Itália, *estou autorizado a garanti-lo ao senhor*, nunca será lançada uma legislação sobre a raça."

Os jornais, é verdade, continuavam falando mal dos "israelitas" — prosseguiu Bocchini —, mas o faziam apenas por razões superiores, razões de política externa. Era preciso entender. Naqueles últimos meses, o Duce se vira diante da necessidade "im-pres-cin-dí-vel" de demonstrar às democracias ocidentais que a Itália estava forte e indissoluvelmente ligada à Alemanha. Sendo assim, que argumento mais persuasivo poderia encontrar senão um pouco de antissemitismo? Que ficássemos sossegados. Bastaria uma contraordem do próprio Duce, e todos os vira-latas do tipo Interlandi e Preziosi (o chefe de polícia ostentava um sumo desprezo em relação a eles) parariam de latir da noite para o dia.

"Tomara!", suspirou mamãe, com os grandes olhos castanhos voltados para o teto. "Tomara que Mussolini se decida logo a dar sua contraordem!"

Elisa entrou com a travessa oval da *pastasciutta*, e meu pai se calou. Nesse momento, afastei a cadeira. Depois de me levantar, fui até o móvel do rádio. Liguei. Desliguei. Por fim me sentei na poltroninha de vime, ali ao lado.

Por que motivo eu não compartilhava as esperanças de meus pais? O que é que havia no entusiasmo deles que não me convencia? "Meu Deus, meu Deus...", dizia a mim mesmo, cerrando os dentes. "Assim que Elisa sair desse cômodo, sinto que papai retomará o assunto."

Eu estava desesperado, absolutamente desesperado. E com certeza não porque suspeitasse que o chefe de polícia tivesse mentido, mas por ter visto meu pai de repente tão feliz, ou melhor, tão ansioso por voltar a ser feliz. Então era mesmo isso que eu não suportava? — perguntava a mim mesmo. Não suportava que ele estivesse contente? Que o futuro lhe sorrisse de novo como antigamente, *como antes*?

Tirei o jornal do bolso e, depois de dar uma olhada na primeira página, passei direto para a seção de esportes. Inútil. Apesar de todo o esforço que fazia para concentrar minha atenção na matéria sobre a partida Juventus × Bolonha, ocorrida em Turim, justo como escutara Cenzo gritar, com a "clamorosa derrota" do Bolonha, nada: a cabeça sempre me escapava.

A alegria de meu pai — pensava — era a mesma do pequeno aluno expulso injustamente que, chamado de volta por ordem do professor daquele corredor deserto onde ficara algum tempo exilado, se encontra de repente, contra toda sua expectativa, readmitido na sala de aula entre os queridos colegas: não só absolvido, mas também reconhecido inocente e plenamente reabilitado. Mas afinal não era justo, no fundo, que meu pai se alegrasse como aquele menino? Mas eu não. O sentimento de solidão que sempre me acompanhara naqueles últimos dois meses se tornava, justo agora, ainda mais atroz: total e definitivo. Eu nunca retornaria de meu exílio. Nunca mais.

Levantei a cabeça. Elisa tinha se retirado, a porta da cozinha parecia de novo bem fechada. Todavia meu pai continuava calado, ou quase. Curvado sobre seu prato, limitava-se a trocar de vez em quando alguma frase sem importância com mamãe, que lhe sorria satisfeita. Longos raios de um sol já declinante penetravam a penumbra da copa. Vinham da saleta contígua, transbordante de luz. Quando tivesse acabado de comer, meu pai se refugiaria ali, para cochilar estirado no sofá de couro. Eu podia vê-lo. Apartado ali, fechado, protegido. Como dentro de um róseo botão luminoso. Com o rosto ingênuo oferecido à luz, dormia envolto em sua manta...

Voltei ao meu jornal.

E eis que, ao pé da página esquerda, do lado oposto à esportiva, meus olhos caíram num título de corpo médio.

Dizia:

CONHECIDO PROFISSIONAL DE FERRARA
AFOGADO NAS ÁGUAS DO PÓ
JUNTO À PONTELAGOSCURO

Acho que meu coração parou por alguns segundos. Entretanto eu não tinha entendido bem, ainda não tinha me dado conta de tudo.

Respirei profundamente. E agora compreendia, sim, tinha compreendido já antes de começar a ler a meia coluninha sob o título, a qual não falava em nenhum momento de suicídio, é óbvio, mas, segundo o estilo da época, apenas de uma desgraça (naqueles anos, a ninguém era permitido se eliminar: nem mesmo aos velhos desonrados e já sem razão nenhuma para continuar no mundo...).

De todo modo, não terminei a leitura. Baixei as pálpebras. O coração tinha voltado a bater, regular. Esperei que Elisa, após ressurgir por um instante, nos deixasse outra vez sozinhos; então, quietamente, mas de pronto:

"O dr. Fadigati morreu", disse.

Gli occhiali d'oro © Giorgio Bassani, 1958, 1970, 1974, 1980.
Todos os direitos reservados.

Todos os direitos desta edição reservados à Todavia.

Grafia atualizada segundo o Acordo Ortográfico da Língua
Portuguesa de 1990, que entrou em vigor no Brasil em 2009.

capa
Flávia Castanheira
imagem de capa
Duffy Graphics LLC/ Corbis Historical/ Getty Images
preparação
Silvia Massimini Felix
revisão
Tomoe Moroizumi
Fernanda Alvares

Dados Internacionais de Catalogação na Publicação (CIP)

Bassani, Giorgio (1916-2000)
Os óculos de ouro / Giorgio Bassani ; tradução Maurício
Santana Dias. — I. ed. — São Paulo : Todavia, 2022.

Título original: Gli occhiali d'oro
ISBN 978-65-5692-295-9

1. Literatura italiana. 2. Romance. 3. Ficção italiana.
I. Dias, Maurício Santana. II. Título.

CDD 853

Índice para catálogo sistemático:
1. Literatura italiana : Romance 853

Bruna Heller — Bibliotecária — CRB 10/2348

todavia
Rua Luís Anhaia, 44
05433.020 São Paulo SP
T. 55 11. 3094 0500
www.todavialivros.com.br

fonte
Register*
papel
Munken print cream
80 g/m²
impressão
Geográfica